WITHDRAWN
From Toronto Public Library

UN CUORE PENSANTE

Della stessa autrice presso Bompiani

Anima mundi
Ascolta la mia voce
Cara Mathilda
Fuori
L'isola che c'è
Luisito
Ogni parola è un seme
Per voce sola
Più fuoco, più vento
Rispondimi
Va' dove ti porta il cuore
Verso casa
Ogni angelo è tremendo
Illmitz

SUSANNA TAMARO
UN CUORE PENSANTE

BOMPIANI

Un cuore pensante è anche il titolo di una fortunata rubrica tenuta da Susanna Tamaro sul quotidiano "Avvenire" da ottobre a dicembre 2014 che l'autrice ha voluto qui rielaborare e arricchire.

Copyright © 2015 Susanna Tamaro
Tutti i diritti riservati.
www.susannatamaro.it

© 2015 Bompiani / RCS Libri S.p.A.
Via Angelo Rizzoli 8 – 20132 Milano

ISBN 978-88-452-7888-4

Prima edizione Bompiani maggio 2015

*Lasciate che io possa essere
il cuore pensante di questa baracca*
Etty Hillesum

*Quando cerchi Dio,
Dio è lo sguardo dei tuoi occhi*
Jalâl âl-Dîn Rûmî

I

TENTATIVI DI VOLO

Una bambina!

Ho imparato a tacere abbastanza presto.

Dato che quando aprivo bocca creavo sconcerto, era meglio stare zitta, o sforzarsi di dire le cose che tutti si aspettavano che dicessi. Cercavo di mimetizzarmi, copiavo le aspirazioni degli altri, tentavo di trasformare la tigre dentro di me in un gatto di pezza. Ma ero goffa, maldestra, sventare le mie finzioni sarebbe stato elementare.

La diversità per me non era un vanto, ma una zavorra di cui mi sarei liberata molto volentieri.

Ero felice le rare volte in cui riuscivo a far credere alle persone intorno di essere normale. Anch'io, per alcune frazioni di secondo, amavo illudermi: gioire per ciò per cui tutti gioivano, piangere per qualcosa per cui era normale piangere. Rispettare i ruoli, permettere agli adulti di essere adulti essendo io un bambino. Anzi una bambina.

Una bambina!

C'era qualcosa di più sideralmente lontano dalla realtà profonda del mio essere?

Una bambina doveva amare il colore rosa e i pizzi, prendersi cura delle bambole e provare gusto nello scimmiottare le donne adulte, allungare le mani di nascosto verso i trucchi della mamma, provare le sue scarpe, barcollando sui tacchi, amare la chiacchiera leggera, la competizione esibizionistica con le coetanee.

Una bambina doveva essere, all'epoca, graziosa e servizievole. "La donnina di casa," diceva mio nonno con orgoglio, quando veniva a trovarci.

Possibile, mi domandavo, che nessuno vedesse la mia lunga coda morbida muoversi con minacciosa lentezza? Che nessuno, incrociando il mio sguardo, notasse le braci che ardevano in fondo?

Una tigre costretta a essere una bambola!

Un'antenna con i fili scoperti

Fino all'ingresso alla scuola elementare, ho sempre usato per me stessa, invece del mio nome, uno maschile. Poi, sui banchi, ho dovuto arrendermi alla prosaica spietatezza del registro. Con immensa vergogna – complice un formaggino che all'epoca spopolava – ho cominciato a vivere sotto il giogo dell'estraneità.

Avessi potuto scegliere da sola, mi sarei chiamata Elettra perché, da sempre, eccessive quantità di elettricità attraversano il mio corpo e la mia mente facendo di me un'antenna con i fili scoperti.

Che grande mistero il momento in cui i genitori scelgono il nome dell'essere di cui ancora non conoscono il volto! Sono convinta che ci sia un Angelo addetto a tale compito, è lui che, lungo la strada, si china all'orecchio della madre e sussurra quella sequenza di lettere fino ad allora sconosciuta.

In fondo, ogni nascita è preceduta da una piccola annunciazione. L'Angelo suggerisce il nome e quel nome è la porta da varcare per entrare nel proprio destino.

Solo crescendo, con gli anni, ho capito che davvero io ero Susanna fin dall'istante in cui la blastula aveva cominciato a ingrandirsi e che quel nome sarebbe stato la croce e la grazia del mio cammino.

Susanna, infatti, in ebraico, vuol dire "giglio bianco", il fiore che, nell'iconografia cristiana, simboleggia la purezza.

L'episodio biblico del libro di Daniele conferma la lettura di un'innocenza tradita. E ancora meglio fa il mondo della natura, avendo creato un grazioso coleottero dalla livrea rossa (*Lilioceris lilii*) che vive unicamente sui gigli, non per inebriarsi del profumo o della bellezza, ma per usarli unicamente come gabinetti. A meno di non adoperare degli antiparassitari, è davvero difficile raccogliere un giglio che non sia costellato da pesanti incrostazioni marroni.

C'è un'energia nel mondo, dunque, che ama sempre e comunque sporcare, corrompere ciò che sporco e corrotto non è. Seguendo le sirene della psicologia, ci siamo un po' troppo rapidamente dimenticati di questa forza onnipresente, del suo costante desiderio di affondare il bello, di opacizzare il vero.

Il nome di una pistola

Anche se sono passati più di vent'anni dalla morte di mia nonna – e gli ultimi sei li ha passati immersa nelle tenebre della demenza –, sento che tra noi esiste tutt'ora un legame fortissimo.

È stata lei il faro della mia infanzia e della mia adolescenza. Quella luce che si posava intermittente sui miei giorni è la luce che mi ha permesso di evitare più volte il naufragio nel bel mezzo della tempesta.

Mia nonna aveva letto Freud quando in Italia nessuno sapeva chi fosse e aveva più dimestichezza con le monetine dei *Ching*, il *Libro dei Mutamenti* taoista tradotto da suo zio Bruno Veneziani, che con la Bibbia, che pure restava il suo libro preferito. Era una donna molto bella, piena di carattere, adorava la letteratura e ancora a ottant'anni riceveva mazzi di fiori dai suoi ammiratori; colta e inquieta, rimpiangeva di non essere riuscita a fare niente della sua grande intelligenza data l'epoca e l'ambiente in cui era nata. Pessima madre, ha dato sicuramente il meglio di sé come nonna.

È grazie al suo acume psicologico, quindi, che un Natale, sotto l'albero, trovai un completo da cow-boy uguale a quello di mio fratello.

Ricordo ancora la trepidazione nell'infilare il cinturone sui fianchi e la stella di latta da sceriffo sul maglione. Non volevo toglierla neanche per andare a dormire. Quando poi scoprii che il nome inciso sulla pistola era il mio – *Susanna* – una grande pace mi scese nel cuore.

Avere il nome di una pistola era molto diverso che avere quello di un formaggino!

Qualche anno dopo è stata ancora mia nonna a procurarmi per carnevale un costume da carabiniere. Quel carnevale, per me, è durato un anno intero, appena possibile me lo infilavo. L'ho dovuto abbandonare soltanto quando il panno sulle ginocchia si è letteralmente dissolto per l'usura.

Che felicità indossare una divisa!

Negli anni, mi sono a lungo interrogata su questa mia propensione marziale, dato che non sono mai stata amante delle posizioni di potere né della violenza. Indossare una divisa voleva dire comunque aderire a un ordine – cosa di cui sentivo un estremo bisogno – ed essere disponibile a combattere per quell'ordine.

Non era forse questo che sapevo fin dall'inizio?

Che la mia vita, in fondo, sarebbe stata un unico e inesausto combattimento?

Le domande

Sono cresciuta in città, enormi dolori hanno curvato da subito la mia postura.
Niente corse spensierate, nessuna levità infantile.
Camminavo e guardavo a terra, osservavo i polverosi ciuffi di parietaria sui muri, le erbacce tra le crepe dell'asfalto, i sassolini, i frammenti di vetro, le cicche, i tappi.
Pensavo alla terra e cercavo di capire com'era fatta.
Come mai noi stavamo lì incollati mentre gli uccelli volavano?
E se si fosse stancata di trattenerci, ci saremmo dispersi nello spazio?
Ogni tanto correvo sbattendo forsennatamente le braccia, nel tentativo di volare.
"E allora?" chiedevo poi a mio fratello.

"Sì, di un poco ti sei sollevata."
Ma sapevo che era una bonaria menzogna.
La terra richiedeva la mia presenza e, a quella presenza, chiedeva di dare un senso.

Bagliori nella notte

La prima collezione che feci fu quella dei sassi.
Dalla spiaggia, portavo a casa ciottoli mischiati a vetri meravigliosamente levigati. Durante le escursioni sul Carso o in montagna, raccoglievo pietre che sembravano imprigionare al loro interno scintille di luce e altre trasparenti come frammenti di ghiaccio.

La terra sotto i piedi, dunque, era una, ma quell'una era già capace di manifestarsi in molteplici forme. "Da dove veniva quella varietà?" mi chiedevo.

In assenza di televisione e di internet, le domande restavano sospese nella mente per giorni, per mesi. Comparivano di notte come bagliori, si affievolivano all'alba, per poi magari riesplodere nel pomeriggio.

La zattera su cui navigare era il sussidiario.

E così a un certo punto, la rivelazione. La terra non era poi molto diversa da una pralina alla ciliegia. Fuori una crosta dura di cioccolato e, dentro, il morbido frutto ripieno di liquore.

Anche il nostro pianeta aveva una crosta e, sotto la crosta, un mantello, come i briganti e le fate. E sotto quel mantello, prigioniero, un cuore di fuoco incandescente. Dunque, il cuore della terra era morbido, ma di una morbidezza inquietante. Il fuoco illumina, riscalda, ma può anche distruggere, divorare.

Quella potenza inespressa racchiusa là dentro, che senso aveva?

Sarebbe esplosa, facendoci saltare tutti in aria un giorno?

Oppure sarebbe rimasta lì acquattata, come quelle tigri disperate che avevo visto al circo?

La tigre e l'acrobata

Il circo mi faceva piangere.

Ancora adesso, al solo vedere le locandine, mi si stringe il cuore. La solenne maestosità delle creature umiliata dalla ridicolaggine della stupidità umana. Quelle tigri in bilico sugli sgabelli, quei ruggiti e quelle zampate tenute a bada dal sibilare della frusta. Tutta quell'energia, quella potenza, quella bellezza soltanto per saltare dentro a un cerchio infuocato.

E che dire degli elefanti?

La loro antica e veneranda saggezza ridotta a camminare in tondo con un pennacchio in testa, a posare una zampa sull'addestratore senza schiacciarlo.

Avrei voluto correre in mezzo alla pista, abbracciarli, irrorare con le mie lacrime la loro pelle rugosa, implorando: perdonateci fratelli elefanti!

Anche i pagliacci mi facevano piangere.

Tutti ridevano e io sentivo lo stomaco contorcersi, facevo sforzi terribili per non scoppiare in singhiozzi.

Il dolore degli animali e la tristezza degli uomini costretti a far ridere mi investivano con la potenza di uno tsunami.

Il sollievo arrivava con gli acrobati, i giocolieri, gli equilibristi. Seguivo i piatti volare in aria, le camminate sul filo, il volteggiare dei corpi tra i trapezi senza quasi respirare. Quanta meraviglia c'è nella capacità dell'uomo di perfezionarsi, di raggiungere, attraverso il lavoro e lo sforzo, dimensioni apparentemente irraggiungibili!

Nei giorni seguenti, a casa, oscillavo tra due sentimenti contrastanti.

Sapevo che tutto quello che avevo visto mi riguardava. Sentivo che dentro di me c'era una tigre acquattata, solo temporaneamente intimorita dalla frusta. Ma, oltre alla tigre c'era anche l'acrobata, con la sua volontà e il desiderio di staccarsi da terra e volteggiare in aria senza peso e senza sforzo, sospeso per un attimo nella grazia.

Le lacrime

Le lacrime sono state le compagne fedeli della mia infanzia.

Non lacrime di capricci – non erano contemplate –, né per una sbucciatura o una caduta – anche quelle erano severamente vietate.

Erano piuttosto lacrime di sgomento.

Piangevo per cose che lasciavano assolutamente indifferenti gli altri bambini, e anche gli adulti.

Dopo alcuni modesti tentativi interlocutori – falliti già all'asilo – ho capito ben presto che la dimensione in cui sarebbe stata relegata gran parte della mia vita sarebbe stata quella della solitudine.

La realtà era fatta di allegri nuotatori mentre io, in superficie, non provavo alcun diletto.

Era la mia stessa natura a vietarmelo.

Il cuore di fuoco della terra – quell'instabilità fluttuante che stava sotto i piedi di tutti noi – mi invitava costantemente a scendere.

Un palombaro con la tuta d'amianto.

Scendere nell'oscurità, attraversare le tenebre, per scoprire se davvero, là in fondo, fosse trattenuta prigioniera la potenza devastante della luce.

La mia mente partoriva domande a un ritmo incessante, altrettanto faceva il mio cuore. Mi interrogavo sulla materia, e mi interrogavo su quello che materia non era.

Non erano le domande di un bambino brillante. Le rare volte in cui avevo provato a esporle, non avevano suscitato né ammirazione né sguardi pieni di orgoglio, piuttosto un imbarazzato silenzio, seguito da un rimprovero: "Ma come ti viene in mente? Pensa a cose della tua età!"

Maschile, femminile

Fra i tanti doni che il Cielo mi ha fatto c'è stato anche quello di nascere in un'epoca ancora dominata dal buon senso.

Fossi nata adesso gli sparvieri del *gender* mi avrebbero sequestrato, sottoposto a interrogatori, avviata verso un percorso di definizione precisa del mio stato interiore: se sei a disagio nei tuoi panni, te ne devi rapidamente liberare e indossare quelli a te più consoni.

Detestavo cordialmente tutto ciò che ricordava la femminilità, ma questo non vuol dire che amassi le esaltazioni della mascolinità. Giocavo alla guerra e a calcio *obtorto collo*, perché in famiglia – e nel palazzo dove vivevo – ero circondata da maschi, ma la violenza delle pistolettate e delle pallonate in faccia mi faceva altrettanto orrore dei pizzi.

La diversità che rivendicavo era legata a cose modeste. Poter indossare i pantaloni, avere i capelli corti – venir pettinata era una sadica tortura – aspirare a mestieri allora proibiti alle donne.

Sognavo di vivere in Canada e fare la Giubba rossa, cavalcare tra i laghi ghiacciati e la tundra avendo davanti a me soltanto il limite dell'orizzonte. Amavo le cose neutre: pattinare, pedalare, giocare a nascondino, raccogliere sassi.

Tra i sentimenti, il mio prediletto era la gentilezza. Tra le condizioni la penombra, il silenzio, stare lì quieta a osservare il mondo.

Passare inosservata, l'aspirazione suprema.

Avevo i miei pensieri e quei pensieri erano una turba turbolenta, per questa ragione non mi era possibile compiere nessun altro movimento.

Ero infelice?

Sì, ero straordinariamente infelice.

Ogni tanto facevo le prove generali di suicidio. Mi tappavo il naso e trattenevo il fiato fino a quando mi era possibile. Mio fratello contava diligente i secondi. Ogni giorno, un nuovo record. Ma ogni volta, quando ormai cominciavo a essere violacea, la bocca si spalancava con violenza, trasformandomi in una rana.

Desidero, quindi sono

La forzata genitalizzazione della realtà umana ci sta spingendo verso risacche di desolata tristezza.

Bisogna obbligatoriamente definirsi.

Si è *così* o *cosà* o un po' *così* e un po' *cosà*, e magari anche un po' *colì*. E solo questi *così*, *cosà* e *colì* sono in grado di stabilire il nostro rapporto con il mondo, che il più delle volte si risolve unicamente nella protervia dell'esigere.

Certo, archiviata l'idea che esista Qualcosa di più grande, di più misterioso e di complesso della nostra realtà fisica, non rimane che attaccarsi all'unicità del desiderio.

Desidero, dunque sono è il mantra generalizzato della nostra società. Desidero cose, desidero corpi e, se il mio corpo non mi corrisponde, lo modifico in modo che possa soddisfare i desideri sempre nuovi che l'instancabile arditezza della mia mente mi suggerisce.

Nonostante tutta la gran baracca dell'universo si regga – e vada avanti – grazie a due polarità opposte, lo *yin* e lo *yang*, il femminile e il maschile che danzano costantemente creando e mantenendo in vita tutta la realtà intorno a noi, siamo giunti a proclamare l'indistinto come nostra unica e salvifica legge.

Ma l'indistinto cosa genera?

Non è forse come una trottola a cui è stato sottratto lo spago? Senza l'energia cinetica che la fa piroettare su se stessa, non è che un pezzo di legno inerte.

Invece della danza della differenziazione, la cupezza dell'immobilità. Invece della vita degli esseri umani, quella entusiasmante degli afidi che fanno tutto da sé, e con gran successo.

Dalla cintola in giù

Vivere compressi nello spazio dalla cintola in giù, oppure aspirare a essere interi – è questo il primo grande dilemma che si pone ai nostri giorni.

I nostri piedi poggiano a terra, ma la nostra testa tende verso l'alto, come la chioma degli alberi. Senza chioma, ogni cosa è più semplice ma anche tremendamente più banale.

Il mondo ridotto a corpo è incapace di sorprenderci.

Materia, materia, materia.

Ma la materia in sé è in grado di emanare soltanto il tenue lucore dell'opacità.

So, controllo, domino.

È questa l'onnipresente trinità del nostro tempo che, sotto il velo vaporoso della libertà, è pronta a srotolare steccati, reti, fili spinati.

La nostra modesta onnipotenza genera un mondo alla sua altezza, l'orizzonte verso cui ci muoviamo è quello degli insetti sociali. È vero, laggiù tutto funziona in modo impeccabile.

Non è forse la perfezione la dimensione coatta verso la quale veniamo caparbiamente spinti?

Abbiamo ancora bisogno di un inferno, o ci basta questo?

L'inferno della perfezione governata da noi stessi. Essere sani, essere efficienti, essere sempre al meglio oppure...?

Oppure provare vergogna per il fallimento, e scivolare ai margini, rendersi conto il prima possibile che questo mondo non tollera zavorre e comportarsi di conseguenza, imboccando una via che ci conduca all'uscita.

C'è un giudice più terribile dei perfetti in terra?

Eppure siamo stati noi stessi a proclamare con orgoglio questo nostro destino, e lo perseguiamo unendoci al coro dei più, senza un'esitazione, un dubbio, senza che mai ci sfugga uno sguardo più avanti, più in alto.

Cos'è veramente l'uomo?

La tecnoscienza ci fornisce ormai tutte le misure e tutte le possibili indagini sui futuri agguati del destino. Dal momento in cui lo spermatozoo incontra l'ovulo ha inizio il fotografare, il quantificare, il catalogare, il comparare.

Così, dall'idea di dono si è passati rapidamente all'idea di prodotto. Il prodotto corrisponde ai nostri desideri o ha in sé qualche falla, qualche difetto?

Se ce l'ha, ci si sente ormai in diritto di scindere il contratto e, anche se si ha qualche dubbio, saranno le persone che ci circondano a convincerci della follia della nostra esitazione.

Bisogna essere davvero molto saldi in se stessi per resistere alle sirene dell'eliminazione. Quello dopo verrà sicuramente meglio e, se così non fosse, sarà quello dopo ancora.

Provando e riprovando. Non è forse questo il motto della scienza?

Provando e riprovando, è vero, si scoprono le cose.

Provando e riprovando, si selezionano i prodotti.

Siamo ormai tecnicamente abbastanza abili da essere certi, prima o poi, di ottenere il risultato voluto. È il frutto del progresso, ed è un progresso dal volto buono perché, con il suo sapere, allontana da noi il male dell'imperfezione.

Se il nostro esistere è solo legato a un preciso agglomerato di carne, di liquidi e ossa, il ragionamento non fa una grinza. Potendo, si sceglie il meglio, e si è grati alle nuove scoperte della scienza che ci permettono di farlo. Non c'è niente di condannabile in questo.

Ciò che separa le due strade sta a monte, ed è la presenza – o l'assenza – di domande.

Ci si interroga o no?

E se si decide di farlo, si è consapevoli che la domanda è l'esatto opposto di un'assicurazione?

La domanda non mette al riparo, sulle sue sponde soffia soltanto il vento del rischio. Non c'è riparo, non c'è appiglio, non c'è garanzia delle terre che andremo a scoprire.

Il viaggio dell'anima

In *Va' dove ti porta il cuore* Olga, l'anziana protagonista, a un certo punto, parla degli sguardi dei neonati.

Credo che la prima domanda sulla realtà dell'uomo debba nascere proprio dalla contemplazione di quegli occhi che, per la prima volta, si aprono sul mondo.

La scienza dell'embriologia ci spiega come si sono formati, ma è impotente nello spiegarci il bagliore di luce antica che brilla là dentro. Lo sguardo che si muove, ancora coperto dal velo lattiginoso della vita uterina, sembra venire da un mondo molto lontano.

L'essere è qui, ma non ancora completamente.

Nel morente succede qualcosa di non molto diverso. A un tratto, lo sguardo si storna, un altro orizzonte lo chiama. Un orizzonte invisibile a noi, ancora pienamente viventi.

Fin dai tempi più antichi dell'evoluzione, l'uomo ha mostrato la tendenza a credere in una realtà che prosegue dopo la morte. Dato che ogni cosa, per esistere, necessita del suo opposto è chiaro che, se c'è un dopo, ci deve essere anche un prima.

Da dove viene dunque la parte non misurabile di un bambino?

Dove va la parte non misurabile di un morente?

Nel rispondere dobbiamo essere onesti. Non ne abbiamo la minima idea.

Il viaggio dell'anima è un viaggio coperto da una fitta discrezione, non si può indagare, misurare, classificare.

Veniamo da un'oscurità e ci dirigiamo verso un'altra oscurità.

E allora?

Che senso ha perdere tempo con qualcosa che non potremo mai conoscere davvero?

Non è meglio rimanere ancorati alla concretezza dei giorni?

Sì, certo lo è, se davanti allo sguardo di un neonato non proviamo turbamento, se di fronte al corpo di un defunto pensiamo unicamente agli organi di ricambio, alle ceneri fertilizzanti, o ai collemboli pasciuti che si nutrirebbero volentieri delle sue carni.

Notti insonni

L'insonnia è stata – e tutt'ora è – la grande compagna della mia vita.

A quattro anni già non dormivo. Era come se non trovassi l'interruttore per spegnere il corso dei miei pensieri. C'era una folla rumorosa nella mia testa e io ero succube della sua prepotenza. Tormentavo di domande mio fratello – con cui dividevo allora la camera – fino a che lui, esasperato, sbottava: "Adesso basta!"

Non so da dove mi venissero tutte quelle domande, le ricordo con me da sempre. Perciò penso che l'anima di un neonato venga da molto lontano.

Quante e quali forze influiscono sul concepimento?

Se abbandoniamo il rassicurante mondo della meccanica, possiamo ripetere – ancora una volta: "Non lo sappiamo."

Per anni ho avuto un gregge di capre, e i capretti nascevano immancabilmente con la luna piena di febbraio. Sulla fisiologia dei viventi, dunque, gli astri hanno un effetto non indifferente. Anche la stagione e il clima della nascita hanno sicuramente i loro influssi.

E che dire dei genitori?

La medicina cinese sa benissimo che la salute, la forza, il carattere, l'inclinazione alle malattie del nascituro possono essere influenzati dall'intensità del rapporto che li lega.

Quale incredibile e insondabile complessità nei pochi chili di un essere umano appena venuto al mondo! Niente è più lontano da una *tabula rasa*!

Ogni bambino compare sulla terra con in mano una pergamena lunghissima, coperta di una scrittura per lui indecifrabile. Certo, una parte da leone la fa il DNA, ma ora, grazie all'epigenetica, sappiamo che l'informazione della doppia elica non è più un'inespugnabile torre. Quello che sembrava per forza dover andare così, a un tratto può cambiare e andare colà.

Così vale per il DNA, questo straordinario mito che ha sovrastato i nostri anni.

Forse possiamo cominciare a dire quello che per tanto tempo si è detto delle stelle.

Il DNA inclina ma non determina.

E allora – dato che le domande si inseguono senza sosta – che cos'è che ci determina?

Bambini e basta

Cosa sarebbe stato di me se l'ansia dei miei genitori o lo zelo di qualche insegnante mi avessero precocemente spinto tra le braccia di un brillante psicologo?

Ai tempi della mia infanzia, le classi erano numerose e tenute insieme da una ferrea disciplina. I malesseri personali rimanevano personali, cioè segreti, sepolti nel profondo del cuore del bambino. Sarebbe stato impensabile mettersi a camminare per la classe o interrompere la signora maestra, senza incorrere in sanzioni il cui solo pensiero ci faceva rabbrividire.

A casa le cose non erano molto diverse, i bambini se ne stavano tra di loro e il caposaldo del rapporto con i genitori era ancora una volta l'ubbidienza.

Se poi, come nel mio caso, il loro rapporto

era flagellato da problemi enormi, tutto ciò che riguardava i figli diventava appena una pallida ombra proiettata sullo sfondo dei giorni.

All'epoca, mediamente, nessuno ci chiedeva di eccellere in niente. Zero corsi di chitarra, di lingue, nessuna promettente attività sportiva. A me sarebbe molto piaciuto suonare il pianoforte. La mia bisnonna ne aveva uno a casa e ovviamente era vietato toccarlo, ma appena rimanevo sola nella minuscola stanza, sollevavo il panno verde e con delicatezza sfioravo i tasti, fingendo di essere nel mezzo di un concerto.

Intuivo che la musica avrebbe potuto essere una grande amica della mia solitudine. La domanda di poter studiare musica, però, non è mai riuscita ad arrivare alle mie labbra. Conoscevo già la risposta, dunque meglio stare zitti.

I bambini dovevano andare a scuola, fare i compiti, giocare a calcio o a nascondino nel cortile, al massimo spingersi fino allo spelacchiato giardinetto per massacrarsi sui pattini.

Il gioco era sempre lo stesso.

I lupi inseguono l'agnello.

I ruoli erano imposti dai ragazzi più grandi – io sono il lupo, tu sei l'agnello.

Inutile dire che io ero sempre l'agnello.

I lupi e gli agnelli

Nei primi anni sessanta la parola bullo era ancora di là da venire.

C'erano i prepotenti e le vittime dei prepotenti, e i primi provavano una gioiosa eccitazione nell'accanirsi contro i più deboli, come succede da che mondo è mondo. Tutta la mia infanzia è stata un'angosciosa fuga dalla violenza dei forti, degli astuti, dei sadici.

Se una fatina un giorno fosse apparsa ai piedi del mio letto, le avrei chiesto un unico dono, quello di poter scomparire, di diventare trasparente. Nessuno avrebbe potuto afferrare l'aria, nessuno avrebbe potuto sbatterla da una parte e dall'altra.

La mitezza, la profondità dell'animo attirano le attenzioni perverse di chi di quelle qualità è privo, come la calamita il ferro.

Il mondo dei forti desidera sempre cancellare

il sospetto che esista un modo diverso di porsi in relazione con l'altro. La gerarchia del branco è geneticamente e onnipresentemente viva.

Ai giorni nostri – grazie ai milioni, miliardi di ore di spazzatura visiva calata dalla TV e da internet nelle teste e nei cuori dei bambini – il problema è diventato di straordinaria gravità.

Se una volta il modello di riferimento erano le torture degli apache o il trastullo di un branco di lupi, ora i modelli da emulare vanno dal camorrista di successo, al serial killer, al maniaco sessuale.

Guai ad avere un figlio sensibile, mite, amante dello studio. Il branco farà di tutto per ridurlo alla sua bassezza.

Sporcare, umiliare, cancellare ogni forma di diversità.

Dove diversità, il più delle volte, non è nell'identità sessuale, ma piuttosto nella dolcezza dell'anima.

Avere dentro un'inquietudine, un'apertura verso ciò che è misterioso, grande e bello, oppure vivere soltanto con il basso orizzonte della propria cintola.

L'eterna lotta, ma sempre più impari perché alla maggior parte degli agnelli ormai è stato sottratto l'unico vero conforto, quello dell'Agnello.

Un capriccio del destino?

A sette, otto anni, seduta davanti a una psicologa, che cosa mai avrei potuto dire?
Mi avrebbe forse interrogata con gentilezza sul mio rifiuto di essere trattata da bambina, e io, fissando i miei piedi dopo un lungo silenzio, non avrei potuto far altro che confermare che sì, effettivamente desideravo davvero andare in Canada e fare la Giubba rossa. Mi sembrava infatti allora che non ci fosse vita più bella di quella trascorsa in silenzio, esplorando senza sosta la grande cattedrale verde dei boschi.
Ma questo naturalmente non l'avrei detto.
Avrei soltanto oscillato le gambe, continuando a guardare il pavimento.
Mi avrebbe forse poi domandato se i miei lunghi e ininterrotti pianti erano dovuti a quello, e io, per farla contenta, le avrei detto di sì. E lei, diligentemente, avrebbe preso appunti su tutta la

problematica relativa a una personalità che, per un capriccio del destino, si trova a vivere in un corpo sbagliato, magari indirizzandomi verso un percorso terapeutico in grado di trasformarmi, piano piano, nella persona che sognavo di essere. E io sarei tornata a casa con dentro quella nuvola nera che mi mangiava il cuore e i polmoni. Mi sarei sdraiata sul pavimento e avrei aperto le cataratte del pianto lasciandole aperte per ore. Un'altra persona che non aveva visto niente, che non aveva capito niente.

Già troppe volte, quando mi chiedevano: "Perché piangi?" rispondevo tra i singhiozzi: "Non lo so!"

Ed era vero, ma anche no.

C'era un gomitolo nero dentro di me ma, invece di essere di lana inerte, era un gomitolo serpente. Un po' dormiva e un po' stava sveglio. Quando si risvegliava, saettava attorcigliandosi intorno alla gola e al mio diaframma, cercando di soffocarmi.

Avrei dovuto dire: "Piango perché ho questo nemico dentro, perché questo nemico provoca un grande sgomento in me."

Ma come si può parlare di sgomento con chi non ha mai neppure sospettato l'esistenza di questo stato d'animo?

Troppe tare

Il mio primo impatto con il mondo è stato all'asilo.

Lì, in pochi giorni credo di aver compreso la mia profonda vocazione eremitica. Non capivo nulla di quello che bisognava fare, non riuscivo a entrare in alcuna relazione con i miei coetanei. Quello che per gli altri era divertimento, per me era l'angoscia del rimanere esterni. "Questa figlia le darà dei problemi gravissimi," disse la maestra a mia madre, alla fine dell'anno, "non escluderei che finisse i suoi giorni in manicomio."

Allora l'oscena melassa del politicamente corretto non era ancora scesa a inquinare i rapporti umani. Pane al pane, vino al vino era un ottimo sistema per restare ancorati alla realtà.

Le parole della maestra non avevano fatto altro che confermare in mia madre ciò che sapeva già da quando ero venuta al mondo. "Già dal primo pianto ho capito che in te qualcosa non andava," mi ripeteva spesso.

Lo stigma, la macchia, l'ombra della vergogna.

Fossi nata nel nuovo millennio, già al concepimento sarei stata condannata dalle analisi del DNA. Troppe tare, in quella simpatica elica – tare di suicidio, di alcolismo, di follia. Di buono non so che cosa ci sarebbe potuto essere, non ho mai brillato spontaneamente in nulla.

Anche Beethoven con ogni probabilità avrebbe fatto una fine analoga. Non si mette al mondo un bimbo con il gene dell'alcolismo e della sordità! E che dire del grande pianista Petrucciani? Era affetto da osteogenesi imperfetta e dunque anche per lui pollice verso. E Rimbaud? E Baudelaire? Van Gogh? I loro DNA dovevano contenere dei frammenti davvero imbarazzanti.

L'omologazione richiesta dalla società dei perfetti non lascia spazio a chi perfetto non è.

Perfezione fisica, ma anche perfezione caratteriale.

Nel mondo che ci si prospetta davanti, l'inquietudine non ha alcun diritto di parola.

O se ce l'ha è solo per implorare una pillola capace, in breve, di dissolverla.

Individui e persone

L'unica diversità ammessa ormai è quella sessuale.

Ciò che una volta veniva, nel migliore dei casi, tollerato e passato sotto silenzio, ormai non solo è ammesso, ma viene rivendicato come naturale.

Sicuramente si tratta di un passo avanti nella civiltà dei rapporti tra le persone, ma, in questo passo, non posso fare a meno di sentire in sottofondo un sottile scricchiolio.

Sono una figlia degli anni settanta, la mia educazione sentimentale è stata improntata al più assoluto libertarismo. Forse per questo non posso che guardare con attonito stupore questo addomesticamento della diversità. Volere caparbiamente cose che, ai miei tempi, venivano viste come un vero orrore: il matrimonio, i confetti, i pranzi domenicali con i suoceri. Come è potuto avvenire questo cambiamento di tendenza? E che significato ha una diversità che brama mimetizzarsi con quella che, finora, era considerata la normalità?

Sono convinta che ogni relazione affettiva abbia il diritto al massimo rispetto – perché l'apertura e l'accoglienza dell'altro sono il segno più vero e profondo della nostra natura –, ma temo anche che l'imposizione di questa nuova "normalità" obbligatoria rischi di spingerci in realtà sempre più claustrofobiche.

La linearità dell'*individuo* ha preso il sopravvento sulla complessità della *persona*, e tutto questo tendere verso i diritti è il frutto diretto di questa filiazione.

Per l'individuo, il diritto di uno deve essere il diritto di tutti, mentre la persona è consapevole che, oltre alla morte, nella vita non c'è alcuna altra forma di democrazia.

Tristi carnevali

Non ho mai amato il carnevale, l'angoscia che mi procurava non era molto diversa da quella che provavo davanti all'esibizione degli animali al circo. Lì le belve erano costrette a simulare la perdita della ferinità, nel carnevale si era costretti a simulare un divertimento esagerato, una lontananza dalla propria persona non molto diversa da quella che esibivano i pagliacci sotto il tendone.

Vestire i panni di un altro, data l'angoscia che mi davano i miei, in fondo avrebbe potuto darmi un po' di sollievo; il problema era che all'epoca non erano i bambini a scegliere i costumi, ma i genitori, riciclando magari quelli di qualche cugino più grande.

Ricordo un *annus horribilis* in cui mi capitò il vestito di Cappuccetto Rosso. La strada che dovetti fare a piedi per raggiungere il luogo della festa è ancora nella mia memoria una delle più lunghe della mia vita. Stringevo in mano il cesto di vimini con le vivande per la nonna, in testa una ridicola cuffietta, una tovaglia a quadretti sulle spalle a mo' di mantello e, così conciata, strisciavo lungo i muri.

Come si può divertire Cappuccetto Rosso, dato che sa che, di lì a poco, verrà sbranata dal lupo?

Potevano divertirsi i cow-boy, gli indiani, Zorro e, a loro modo, anche le damine, ma una vittima predestinata a che gioco mai avrebbe potuto prendere parte? Tu sta' lì e aspetta il lupo!

A nessuno veniva in mente che io in realtà avrei voluto essere il lupo – passi leggeri, occhi gialli e la libertà di dormire sempre sotto le stelle.

Essere costretti a recitare una parte, non è forse questa la condizione in cui molte volte ci spinge la vita?

Indossiamo una maschera per un giorno, e poi ci dimentichiamo di toglierla. Vivere mascherati ha i suoi vantaggi. Ma poi, inesorabile, prima in silenzio e poi con sempre più rumore, l'ansia comincia a divorarci. Nell'ansia si gonfia il vento triste dell'amarezza. La vita è una recita senza senso!

Quanta mediocre letteratura su questo!

Prima di celebrare l'insensatezza, abbiamo avuto il coraggio di chiederci se il senso abbiamo mai iniziato a cercarlo?

Come tutte le altre

L'umiliante sensazione di Cappuccetto Rosso l'ho provata, e forse in modo più cocente, verso i quindici anni.

A quell'età ho cominciato a rendermi conto che sarebbe stato impossibile vincere la concorrenza sentimentale delle coetanee se continuavo a vestirmi come una Giubba rossa in libera uscita.

Il mio cuore batteva forte per un ragazzo, ma non ero certa di essere ricambiata. Lui mi sembrava bellissimo, e io mi sentivo assolutamente inadeguata. In quelle condizioni come avrei potuto catturare il suo sguardo?

Così un giorno tirai fuori una gonna di jeans che stava da tempo a prendere polvere nell'armadio e la mattina dopo, con calcolata freddezza, indossai gli strumenti della normalità.

La freddezza durò finché varcai il portone di

casa. Ricordo il rumore delle serrande dei negozi ancora chiusi che sfioravo con la speranza che mi inghiottissero. A scuola non mi alzai mai dal banco e il rossore della vergogna imporporò per cinque ore le mie guance.

Non mi vergognavo delle mie gambe scoperte, ma di aver rinunciato alla parte più profonda della mia persona per una realtà meschina come quella della seduzione. Per averti, mi mostro quello che non sono, come la tigre sullo sgabello. Solo che lei era costretta dalla frusta.

Appena tornata a casa mi strappai letteralmente i vestiti di dosso. Cari amati jeans, cara maglietta!

Il ragazzo in questione, poi, lo conquistai ugualmente. Tempo dopo, camminando mano nella mano gli chiesi:

"Mi hai visto quella volta in gonna?"

"Oh, sì ed è stato orribile! Per un giorno ho avuto il terrore che tu fossi come tutte le altre."

Figli della complessità

Essere maschio, essere femmina, quali sono i termini del contendere? A cosa sono legate la femminilità e la mascolinità?

Il primo gradino della loro distinzione naturalmente è l'anatomia, ma è un gradino appunto, dopo il gradino c'è l'intera scala da percorrere.

Ci sono bimbe da subito leziose, capaci già di minuscoli sguardi audaci, consapevoli del potere della loro bellezza e del modo di usarlo, altre invece amano nascondersi, mimetizzare il loro corpo, sentendosi brutte e inadeguate.

Allo stesso modo ci sono bambini che da subito sono evidentemente maschi, corrono felici verso tutto ciò che è meccanico facendo *brumm brumm* con le labbra, calciando tutti i palloni che incontrano. Ma poi ci sono anche dei maschietti che preferiscono giocare con i colori e stare quietamente seduti a contemplare un disegno.

Chi è davvero maschio, chi è davvero femmina?

Siamo tutti figli della complessità e ognuno di noi – in quanto persona costantemente illuminata dalla sua unicità – ha un modo diverso di esprimere la sua personalità.

Non si tratta di buttarsi tra le braccia dell'indistinto, così in voga di questi tempi, ma piuttosto di introdurre un concetto ormai scomparso dal panorama contemporaneo.

Quello di cammino.

La vita di un essere umano è – prima di qualsiasi altra cosa – un continuo cammino verso la consapevolezza, e una buona parte di questo lavoro consiste nell'armonizzare gli opposti che fin dall'inizio stridono e si scontrano dentro di noi.

E questo non avviene trasformando esternamente il proprio corpo, ma piuttosto indagando la profondità del proprio essere.

Tutto ciò che è maschile contiene anche il principio femminile, come il femminile, il maschile.

Lo sconquasso di tante realtà sentimentali dei nostri tempi è dovuto anche a questo. Gli opposti, invece di completarsi, creando un insieme armonico, si pongono sullo stesso piano, entrando in competizione.

E in questa competizione non ci sono vincitori ma, piuttosto, un unico sconfitto.

L'amore.

Una sconfinata varietà

Combattevo con le domande come don Chisciotte contro i mulini a vento. Appena mi sembrava di averne sconfitta una, ecco che subito un'altra, più feroce, mi aggrediva alle spalle.

Conosciuta la natura della terra – la minacciosa instabilità del suo cuore di fuoco che tutti ignoravano, ma di cui io sentivo il crepitare a ogni respiro –, sono passata a voler conoscere tutto quello che stava sopra.

Vivevo in città, quella che potevo contemplare con più agio era la realtà degli esseri umani, e non è che mi desse molto conforto. Quando era possibile, invece della compagnia dei miei coetanei, sceglievo quella delle persone anziane, deboli, malate. "Possibile che non ti diverti mai?" mi veniva ripetuto con un sottofondo di rimprovero.

Ma il mio divertimento si trovava in luoghi non raggiungibili dallo sguardo. Mi divertivo – anche se il termine non è proprio esatto – durante le vacanze estive sul Carso, dai nonni, nelle gite in montagna, o al mare. La libertà dall'incubo angoscioso della scuola era già un fattore di levità, e a questo fattore si aggiungeva la gioia profonda di poter contemplare la complessità della natura intorno.

In città conoscevo soltanto gli spelacchiati cespugli di pitosforo del giardinetto, il lugubre e ossessivo tubare dei colombi e delle tortore, ma negli spazi aperti tutto era diverso. C'erano i merli, con il loro struggente canto, i fringuelli, le cince, i picchi, le ghiandaie, le gazze, le rondini e i balestrucci.

Naturalmente tutti questi nomi ho dovuto impararli da sola, perché quando chiedevo agli adulti: "Cos'è questo?" o "Cos'è quello?", mi rispondevano vaghi: "Un uccellino." Soltanto per la rondine e il merlo ho avuto il privilegio di un nome.

C'era dunque, nel mondo intorno, un'enorme varietà, e questa varietà mi spingeva ancora una volta a interrogarmi.

Perché tante forme diverse?

E com'era possibile che ogni forma avesse il suo nome?

Chi glielo aveva dato?

E che relazione c'era tra la forma e il nome?

Il picchio sarebbe stato un picchio anche se non si fosse chiamato picchio?

E io sarei stata Susanna, anche se mi fossi chiamata Carla?

Bisogno di ordine

Tanto la presenza degli esseri umani induceva in me un sentimento che andava, in gradazioni diverse, dall'ansia al terrore puro, altrettanto il rapporto con tutto ciò che era vivente ma privo di parola mi dava un senso di pace e complicità profonda.

Seduta in un prato ero felice, così com'ero felice mentre raccoglievo conchiglie china sulla battigia.

Che sussulto del cuore la prima volta che ho visto muoversi armoniosamente tra le alghe un cavalluccio marino! E le bianche stelle che apparivano e scomparivano tra la sabbia del fondo?

E le conchiglie? Quale meravigliosa perfezione nella costruzione di quelle case! Quale mistero nella loro fattura! Prima che io le raccogliessi, sapevo, erano state abitate da qualcuno, ma quel qualcuno non c'era più. Dov'era andato? Aveva cambiato casa? Ed era stato lui, l'abitante, a creare quelle magnifiche volute, o le aveva semplicemente prese in affitto in qualche luogo in fondo al mare, così come io potevo prendere in affitto una bicicletta al giardino pubblico?

Il mio profondo bisogno di ordine trovò modo, almeno temporaneamente, di placarsi, dando il nome esatto a ogni cosa che mi capitava sotto gli occhi. Stabilire categorie, relazioni, saper situare ogni realtà vivente nel luogo per lei appropriato aveva per me la funzione di un blando sedativo, dava cioè un minimo di stabilità ai miei giorni.

Si trattava però di una stabilità precaria perché tutto quell'osservare non era immerso nella fredda catalogazione dell'ossessivo ma, piuttosto, nell'inesausto stupore di chi è alla ricerca di un senso.

Dunque, una volta avuti i nomi, una volta conosciute le funzioni, un'unica domanda compariva nella mia mente nel silenzio delle notti insonni.

Chi ha fatto tutto questo?

E il "chi" era seguito naturalmente dalla sua devota ancella, "perché"? Chi ha fatto il mondo e perché?

Non c'era internet all'epoca, né quel poco di *Tv dei ragazzi* trattava questi argomenti. Se l'avessi chiesto alla maestra – la depositaria di ogni sapere –, avrebbe di sicuro risposto "Dio" alla prima domanda.

Ma la seconda, non avrei mai trovato il coraggio di fargliela.

Il Numero dei Numeri

Chi era Dio? mi chiedevo. Prima di accedere alle scarne nozioni del corso parrocchiale – cioè di entrare in contatto con quel signore con la barba lunga e bianca che stava seduto da qualche parte in cielo – avevo pensato che Dio potesse essere un numero.

All'epoca, si studiavano ossessivamente le tabelline e, in tutte quelle ore passate a moltiplicare un numero per un altro, ero stata folgorata dall'idea che ci potesse essere un numero talmente grande da contenere e generare tutti gli altri.

Se tutto era numerabile infatti, i banchi di una classe, le altalene del parco, i petali di una margherita, perché non poteva esserci un Super Numero dal quale in principio tutto era uscito?

Scoprire quel Numero avrebbe voluto dire scoprire l'origine del tutto e sopire ogni domanda nella contemplazione della meraviglia.

Così, non avendo mai avuto timore delle grandi imprese, nel silenzio della mia stanza, avevo cominciato a contare. Per accorciare i tempi, ero partita da un numero già noto e piuttosto grande – 1000 –, e da lì ero andata avanti, continuando a recitare le cifre come un interminabile mantra.

Le decine si ripetevano monotone, una dopo l'altra, e questa sorta di circolarità, con il passare del tempo, iniziò a instillare in me qualche dubbio.

I numeri, è vero, erano sempre più grandi, ma in questa grandezza non c'era niente di sconosciuto. C'era molta regolarità nel procedere e, in questa regolarità, vedevo sempre più allontanarsi la speranza dell'irrompere dello straordinario. Stavo semplicemente salendo una scala di cui, in fondo, conoscevo già tutti i gradini. Perseverando senza cedere allo scoraggiamento forse, prima o poi sarei anche giunta al numero più grande, ma chi mi avrebbe avvisato di questo incredibile avvenimento? Dopo il sette c'era sempre l'otto, e dopo l'otto, il nove.

L'unica speranza era che, appena pronunciato il Numero dei Numeri, tutto avrebbe cominciato a vibrare, a trillare, come nei flipper, illuminando anche la mia mente e da quel momento in poi la realtà non avrebbe più avuto segreti per me.

Non era forse quella, da sempre, l'aspirazione massima della mia vita?

Dal vivente al non vivente

Capire, sapere, conoscere.
Ma capire, sapere, conoscere che cosa?
Il mondo della materia, certo.
Ma davvero il mondo della materia era in grado di dare tutte le risposte che il mio cuore esigeva?
Conoscere i nomi dei fiori, contemplare la bellezza delle loro corolle non era in grado di fermare neppure per un istante il loro processo di appassimento.
E che dire di tutti gli uccellini morti che la domenica, tornando dalla caccia, mia madre e i suoi amici depositavano sul tavolo della cucina? Piccolissima, mi arrampicavo sulla sedia e li prendevo con cautela in mano. Le loro piume erano morbidissime, ma il loro capo ciondolava inerte. Com'erano freddi, e che freddezza parti-

colare era quella! E i loro occhi? A nulla valevano i timidi tentativi delle mie piccole dita per riaprirli. Quelle lucide, nere, vivaci capocchie di spillo che ero abituata a vedere sul capo degli uccellini vivi erano spente per sempre. Inutili le parole che sussurravo loro dolcemente, inutile il mio delicato soffiare sui loro corpi stesi sulla fòrmica.

Tutto il vivente, a un certo punto, si trasformava in qualcosa che vivente non era. Gli animali, i fiori, a un tratto, diventavano inerti. Li riconoscevi, certo, ma non erano più loro.

C'era una parte che se n'era andata via, mi domandavo, o erano tutti là compressi in quella sostanza che diventava sempre più rigida, sempre più fredda?

E quello che succedeva ai passeri e ai tordi accadeva anche alle persone? Anche i miei genitori un giorno si sarebbero sdraiati a terra e sarebbero diventati freddi?

Questa ipotesi, balenata all'improvviso nella mia mente, mi aveva semplicemente sconvolto.

Come avrei potuto sopravvivere a quel dolore?

Non riuscivo ad accettarlo.

Per placare quest'ansia devastante avevo inventato dei riti. Quante calze c'erano in quel cassetto, di che colore erano? Quante uova c'erano in frigo? Di notte mi alzavo ripetutamente e controllavo. Un errore e sarebbe stata la fine. Era quello che esigeva la divinità velata e crudele che teneva in mano il filo dei nostri destini.

La mente e il cuore

È stato quello il momento in cui scoprii che le domande che da sempre affollavano la mia testa non erano originate dalla mente ma piuttosto da uno scontento del mio cuore. Era il cuore che chiedeva e la mente, servizievole, in modo a tratti ardito, a tratti confuso, cercava di rispondere.

Il cuore partoriva lo sgomento, il cuore generava le lacrime e nessuna delle elucubrazioni che il mio pensiero poteva mettere in atto sarebbe servita a placare questa condizione di continua sofferenza.

Se la morte divorava ogni cosa, la vita non era poi molto diversa da quella di quelle povere mosche che incappavano nelle tele dei ragni. Ronzavano per un po', prima incredule, poi furiose, cercavano di liberarsi con tutte le loro forze, ma questo non faceva che peggiorare la situazione.

Il ragno stava in un angolo e aspettava.

Poi, a un tratto, fulmineo, balzava sulla preda e cominciava ad avvolgerla nei fili serici che di lì a poco sarebbero diventati il suo sarcofago.

Su ognuno di noi, dunque, incombeva nascosta un'invisibile tela. Fin dal momento in cui eravamo venuti al mondo, quella paziente trappola ci aspettava da qualche parte. Chi prima, chi poi, chi si dibatteva di più, chi di meno, ma la fine era per tutti la stessa.

Che senso allora si poteva dare alla vita?

Obbedire docilmente all'ordine umano stabilito da tempo? Sarebbe stato sufficiente? Forse l'importante era non fermarsi mai, non vegliare la notte, non sprofondare nel silenzio, non osservare la volta stellata, non affacciarsi sul baratro, mai. Andare avanti sempre dritti, con i paraocchi, come i cavalli da tiro.

Non alzare lo sguardo, non abbassarlo.

Era proprio abbassandolo che, un giorno, avevo trovato in un cespuglio un pettirosso morto. L'avevo sollevato, scoprendo che non era rimasto più niente del suo corpo: dei coleotteri neri e rossi, lavorando alacremente, avevano spolpato la sua carne, restavano solo le minuscole costole. E quelle costole si erano trasformate per me nell'architrave di una cattedrale.

Una cattedrale deserta in cui nessuno cantava, nessuno suonava l'organo, sotto la sua volta risuonavano soltanto i miei passi.

Non siamo solo polvere!

Il mio primo contatto con la morte è legato a una voce che mi sussurra nell'orecchio: "Il nonno Bepi è morto." Non vado ancora a scuola, forse appena all'asilo, e quelle parole risuonano sibilline.

Posso solo constatare che nei pranzi di famiglia il posto del nonno – che in realtà era il bisnonno – rimane vuoto. Seduta a tavola, probabilmente dal seggiolone, ricordo il suo volto, i capelli folti e bianchi, i tratti marcati delle origini dalmate, i suoi sandali traforati, i pantaloni grigi con la piega, la cintura stretta intorno a un ventre piuttosto prominente coperto da una camicia larga e chiara.

Il secondo contatto arriva molti anni dopo.

Per tradizione, una volta alla settimana andavamo a pranzo dalla nonna paterna, poi, a un tratto, non ci siamo più andati. La nonna era cardiopatica e l'immagine che ho di lei è quella di una persona pallida, sdraiata tra molti cuscini. Avevo già otto anni, ma non ancora il coraggio di fare domande dirette.

Soltanto due anni dopo, durante una delle sporadiche comparsate di mio padre, dopo molte prove generali nella mia camera ho avuto l'ardire di chiedergli: "Ma la nonna è morta?"

Ah, com'è stato sapiente il suo sorriso nel rispondermi.

"Che importanza ha che sia morta o viva? Noi non siamo altro che polvere che prima si forma e poi si dissolve. È saggio non distinguere tra queste due condizioni, ed è ancora più saggio non avere alcun attaccamento."

Erano gli ultimi giorni di scuola, indossavo già i sandali, motivo di gioia, e davanti a noi c'era un cartellone colorato con i gelati della stagione. Ricordo di essermi attaccata a quel cartellone come a una zattera.

Tutto il mio essere si ribellava alle parole di mio padre.

C'erano tantissime cose per cui valeva la pena vivere con passione, prima di tutto i cornetti che aspettavano di essere mangiati, poi la stagione balneare con i tuffi e le nuotate; le vacanze dai nonni con le corse in bicicletta, e tutti i cani, i gatti e gli animali che, in futuro, sicuramente avrei posseduto.

Pur pensando costantemente al potere distruttivo della morte, io non volevo essere polvere, e polvere non mi pareva il mondo reale che mi circondava.

Non era polvere la bellezza dei fiori.

Non era polvere la luce radente dell'alba.

Non erano polvere i sentimenti che, da sempre, si combattevano nel mio cuore.

Il pianto di mio padre

Mio padre è morto in modo improvviso e drammatico, e questo ha eccitato al massimo la sete di scandalo dei media.

Nonostante pensasse di essere soltanto "polvere che cambiava stato", in segreto e protetti dalle forze dell'ordine, abbiamo celebrato il suo funerale in chiesa. Molti suoi conoscenti si sono meravigliati di questa mia "arroganza", ma mio padre era battezzato, aveva fatto la comunione e la cresima e, dato che non mi aveva lasciato nessuna disposizione in senso contrario, non ho avuto alcun dubbio nel dargli una sepoltura cristiana.

Durante la celebrazione, mentre la solista del coro cantava con la sua splendida voce nella chiesa semivuota, ho percepito il suo stupore spirituale.

"Tutto questo è per me?" sembrava chiedersi con meraviglia infantile. "Davvero per me? Sono dunque così importante?"

Non potevo fare a meno di ricordare ciò che mi aveva detto una delle ultime volte che ci eravamo visti. Stavamo mangiando in qualche rumorosa trattoria romana quando, a un tratto, mi ha confessato: "Sai, penso spesso a Gesù. E quando penso a lui, alla sua solitudine, ecco, mi viene da piangere."

In quello stesso istante i suoi occhi avevano cominciato ad acquisire quella liquidità che precede le lacrime, e io ero rimasta interdetta. Ero abituata al suo cinismo, alla sua totale anaffettività, al suo menefreghismo.

Davanti a quel pianto non sapevo cosa fare.

Era il pianto di un bambino, il pianto di un innocente. Il pianto di qualcuno che, all'improvviso, era stato sorpreso da una visione. La polvere esisteva sicuramente, ma il suo compito principale era quello di accumularsi sui mobili!

Il funerale si è svolto in una gloriosa giornata di settembre. Abbiamo accompagnato la bara al cimitero, camminando in silenzio lungo un viale di querce secolari.

Una volta tornati a casa, le persone del paese

avevano preparato un vero e proprio banchetto per l'occasione: lasagne, cinghiale, funghi porcini, crostate e vino in abbondanza, e così abbiamo mangiato e bevuto, in suo onore.

Se riconosciamo il senso profondo dell'umano, la vita e la morte si mescolano e si rigenerano costantemente in una danza che non può suscitare altro che meraviglia.

II

LA PARTE NON MISURABILE

Una voce

In me, fin dall'inizio, c'è stata una voce.
Una voce che mi interrogava senza sosta e che, per uscire, aveva bisogno delle parole.
"Hai imparato a parlare con una precocità straordinaria," mi ripeteva spesso mia madre, "peccato che, quasi subito, tu abbia smesso di farlo."
Il grande, interminabile, certosino silenzio della mia infanzia! Silenzio che era della bocca, ma non del cuore. Nelle profondità più segrete della mia persona il dialogo era ininterrotto, e di un'intensità quasi assordante. Per natura avevo – e ho – una straordinaria capacità di osservazione, e un'altrettanto formidabile memoria.
Vedevo tutto ciò che non era coerente.
Coerente a che cosa?
Coerente a quella sete di verità che, da sempre, si agitava nel mio cuore.
Cercare il Numero più grande, il Numero che

genera gli altri numeri era un modo per dare un volto a quell'entità che intuivo sostenere l'intero universo. Nessuno intorno a me parlava di queste cose, così andavo in giro cercando un po' a tentoni e, in questa ricerca, era inevitabile che prima o poi mi scontrassi con il dramma dell'imperfezione.

I numeri erano assolutamente perfetti, ma gli uomini?

Più crescevo, più mi pareva che, in loro, ci fosse qualcosa che li rendeva molto diversi dai numeri, e anche dai fiori. Dai fiori e dai minerali, da tutta quella parte osservabile di natura che riproduceva in sé un'ammirabile e misteriosa precisione. La rigorosa disposizione dei petali di una margherita e quella, ancor più rigorosa, della struttura cristallina del quarzo non riuscivo a ritrovarle in tutto ciò che riguardava i miei simili.

C'era una varietà imprevedibile tra le persone, ed era una varietà che tendeva al negativo.

Il dispetto, la cattiveria, la prepotenza da dove venivano? Ero totalmente indifesa davanti alla maligna banalità quotidiana dell'umano. Il grande gorgo della morte, dunque, non era l'unico a insidiare la nostra esistenza. Ce n'erano altri più piccoli, più discreti, meno definitivi, eppure altrettanto capaci di distruggere.

Le macerie dell'amore

Un'infanzia vissuta nell'amore penso che sia un po' come lo scafandro di un palombaro, o la tuta di un astronauta.

Pone tra il nostro corpo e la realtà esterna un'intercapedine in grado di attutire o addirittura respingere qualsiasi colpo la realtà decida di assestarci.

Quando questa tuta non c'è, le cose cambiano piuttosto drasticamente, anche la più piccola vibrazione dell'aria è in grado di produrre ferite devastanti.

I miei genitori si sono sposati giovani, come si usava un tempo, e innamoratissimi. Fin da adolescente, mia madre non sognava altro che la famiglia. Mentre le sue compagne di scuola parlavano di fare l'architetto o il medico, lei diceva: "Io voglio fare la mamma e basta."

Nelle foto del matrimonio, il suo volto irradia speranza e felicità. Voleva avere tanti figli. Dopo la sua morte ho trovato un cassetto pieno di ritagli di "Mani di Fata" degli anni cinquanta: tutti i completini e le copertine che sognava di fare per i suoi bambini.

Poi però qualcosa è andato storto, molto presto. L'uomo dei suoi sogni aveva in realtà sogni molto diversi da quelli di mia madre, sogni che si potevano raccogliere sotto un unico antichissimo stemma, quello della dissoluzione.

Mia madre si è così trovata sola con dei figli e ha dovuto inventarsi una vita che non aveva previsto. Questa nuova vita ha cancellato con un colpo di spugna i sogni della vecchia.

Quando ripenso l'infanzia mia e dei miei fratelli, la rivedo sotto il segno del naufragio. Il matrimonio, per una tempesta breve ma violenta, era affondato, e noi, a nuoto, eravamo riusciti a raggiungere un atollo non lontano, dove trovare riparo.

Da quelle spiagge, una mattina, avevamo visto allontanarsi i nostri genitori su piroghe di fortuna. Remavano forsennatamente, cupi e curvi, in direzioni opposte.

Sulle loro spalle gravavano ingombranti macerie. Le macerie del loro amore, quelle dei bombardamenti e delle deportazioni a cui, appena ragazzi, erano riusciti a sopravvivere.

Quando l'orizzonte ha inghiottito le loro sagome, noi siamo rimasti soli sull'isola. Per un po' ci siamo sbracciati, abbiamo acceso dei fuochi, per attirare l'attenzione. Poi, dato che non succedeva niente, ci siamo rassegnati, ci siamo fatti forza e abbiamo cominciato a guardarci intorno, per capire come avremmo potuto sopravvivere. Costruire una capanna, raccogliere radici, imparare a pescare, trovare una fonte. Ormai eravamo lì, la vita stessa ci imponeva di andare avanti.

Un mondo costruito sulla sabbia

Che eco possono fare i grandi e commossi discorsi su un Dio Padre amoroso in chi, come me, quest'umana esperienza non l'ha mai provata?

Non è forse questa una delle ragioni per cui il discorso della fede non riesce a incontrarsi con quello della modernità?

C'è stato un secolo, il Novecento, che ha sparso intorno a sé solo morte e devastazione, e quello che ora viviamo non è altro che la logica conseguenza di ciò che, nei cento anni precedenti, è stato messo in cantiere. Un cantiere molto speciale perché, invece di costruire, ha soltanto distrutto. Distrutto quello che c'era ma, soprattutto, distrutto i fondamenti di quello che ci potrebbe ancora essere.

Per questa ragione, l'epoca contemporanea conosce un solo tipo di edificio, quello fondato sulla sabbia. E conosce anche molte piogge, in grado di trasformare un qualsiasi villaggio in una montagna di fango.

La vertiginosa crescita dei figlicidi, degli infanticidi, di efferati omicidi o omicidi suicidi nell'ambito delle coppie più o meno stabili – più meno che più – sono ascrivibili proprio alla sabbia.

La sabbia assorbe l'acqua, si gonfia e cede. Se è asciutta, scivola tra le dita con un'imprevista liquidità, a camminarci sopra si fa un'enorme fatica. Meglio allora stare fermi, meglio muoversi il meno possibile e trattenere il fiato, con la speranza che la sua apparente solidità perduri nel tempo.

La spiaggia su cui i miei fratelli e io siamo cresciuti era quella della modernità. Così, fin da subito, ho avuto in dono lo spirito della profezia, in grado di vedere quello che ancora non è, ma avverrà.

Mentre gli altri padri tornavano la sera dal lavoro per condividere il rito della cena in famiglia, mio padre, in bermuda sfilacciate e infradito, camminava in qualche parte del mondo a me sconosciuta ripetendo ad alta voce gli inni vedici.

Devi salire!

Alcuni, per giungere alla meta, si ritrovano sotto una parete di sesto grado a mani nude, senza chiodi, senza corde, mentre altri imboccano un sentiero segnalato a ogni bivio.

Ogni via ha i suoi pregi e i suoi difetti.

Il pregio della sfida estrema contempla in sé il rischio della caduta. Quello del sentiero segnalato sta nella sua certezza ma se il vento o la pioggia abbattono un cartello lo smarrimento è in agguato. Dove dovevamo andare? a destra? a sinistra? salire? scendere? Senza indicazione, i dubbi ci assalgono e, con il dubbio, il terrore di imboccare una strada che non è quella giusta.

In montagna succede spesso. Se manca il segnale, si rischia di seguire una traccia segnata soltanto dai camosci e, in breve, ci si trova sospesi davanti a un baratro. Dove il camoscio salta, noi possiamo soltanto sfracellarci.

Inutile dire che io mi sono trovata davanti al sesto grado, avendo scarsa propensione per le arrampicate e, per di più, soffrendo di vertigini. Stavo lì sotto a contemplare la parete, sapendo che non c'erano vie di scampo.

Quelle rocce, quei sassi che svettavano fino al cielo erano lì per me, mi aspettavano da ancora prima che io venissi al mondo.

La voce che da sempre parlava dentro di me ripeteva: "Devi salire! Devi andare in cima a vedere cosa c'è oltre. Su questa parete scalata da molti, devi tracciare la tua via. Nessuno ti garantisce che arriverai a destinazione, nessuna imbracatura sarà lì a sostenerti, se perderai una presa. La scomodità, il freddo, la solitudine e il baratro saranno i tuoi compagni di viaggio."

Avrei potuto rifiutarmi?

Tornare indietro?

Ma tornare dove?

Si può tornare soltanto nel luogo del conforto. Se questo luogo non esiste, inutile girare i tacchi, alle spalle c'è un orrido altrettanto spaventoso della parete che si prospetta davanti.

Avevo paura? Certo! Sono sempre stata una persona paurosissima.

Ma oltre a essere paurosa, avevo anche una tigre dentro, e quella tigre, compressa da troppo tempo tra le sbarre, non desiderava altro che trasformarsi in un acrobata.

La nudità

A un certo punto della mia vita ho cominciato a provare un senso di gratitudine verso i miei genitori perché, oltre ad avermi messo al mondo, mi avevano anche offerto il dono della nudità.

La via di spoliazione – che molte persone ricercano sottoponendosi a massacranti ritiri in qualche tempio tibetano o al rigore di un carmelo o di un *ashram* – a me è stata offerta su un piatto d'argento nei primi anni di vita.

Tu non sei niente!

È stato questo il ritornello implacabile della mia infanzia. Naturalmente questo mi ha portata a vivere livelli di sofferenza difficilmente sopportabili. In certi momenti della vita ho creduto davvero di impazzire dal dolore. Tuttavia, con il passare del tempo, ho capito che quella devastante desolazione non era sterile né fine a se stessa, bensì offriva un'imprevista condizione di fertilità.

Non è forse così per ogni dolore davvero profondo?

Quando ci si sente sprofondare, si pensa che sia un gorgo senza fine ma poi, improvvisamente, quando siamo sicuri che la melma vorticosa stia per toglierci l'ultimo fiato, ci accorgiamo di uno spiraglio. Da lì arriva una luce, e quella luce, seppur ancora debole, a un tratto ci dà una forza straordinaria.

Nuove energie riempiono il nostro corpo.

Improvvisamente, come falene attratte da una lampada notturna, desideriamo una sola cosa.

Risalire, raggiungere quel chiarore.

L'oscuro contiene sempre in sé il germe del luminoso, ma ce lo offre soltanto se, invece di sfuggire o cercare riparo, gli andiamo incontro. Se trasformiamo il buio in penombra non potremo mai vedervi rilucere alcunché. Andremo avanti a tentoni, inciampando ogni tanto, grati soltanto del fatto di riuscire a orizzontarci tra ciò che immaginiamo siano le sagome delle cose.

La nudità dunque vuol dire essere sospesi sul baratro e sapere che quello è appunto il baratro, non trovargli nomignoli, vezzeggiativi. Sentire la sua eco rimbombare in tutti i nostri giorni, e intuire che quell'eco potrà portare in sé il dono dello svelamento.

Sono grata ai miei genitori perché questa nudità mi ha salvato dai rapporti manipolatori.

Quante vite ho visto letteralmente rovinate da relazioni affettive che contenevano soltanto il simulacro dell'amore! Quante vite spese nell'opacità, nell'implosione, quante vite trasformate in una perpetua seduta analitica, nell'inesausto tentativo di liberarsi da una ragnatela di rapporti malati!

Le radici della mia pace

Non è stata questa mia nudità a rendere le cose tanto difficili anche nella mia vita pubblica?

Non aver conosciuto la manipolazione dei rapporti vuol dire crescere estranei a ogni abilità seduttiva.

Avendo la nudità, ho cercato da subito la verità. Non ho mai fatto qualcosa per compiacere, per la gloria, per il potere, o per avere qualcosa in cambio. Tutto quello che ho fatto è stato soltanto verso un'unica direzione, quella del fondamento. Se così non fosse stato, il grande successo mediatico, la popolarità avrebbe travolto la mia vita, trasformandola nella pietosa rappresentazione di un personaggio. Ma l'impermeabilità alle potenze mondane scatena livori profondi.

C'è, infatti, qualcosa di più imperdonabile, al giorno d'oggi, che rifiutare il clamore del successo?

Per fortuna, le radici della mia pace sono altrove.

I nostri genitori non ci hanno mai portati a pensare che, facendo questa o quella cosa, avremmo potuto ottenere il loro amore. E, anche quando eravamo ormai cresciuti, le vampe dei sensi di colpa non si sono mai avvinghiate sui nostri rapporti.

Perché tu hai detto questo, perché tu hai fatto questo, allora io, ecc. ecc. La tossicità velenosa delle recriminazioni e dei sensi di colpa, il rimpallo continuo della responsabilità non ci sono mai appartenuti. *Se tu non... se io non...*

Ma i *se* non sono mattoni della costruzione!

La costruzione avviene se si ha il coraggio di dire che ogni casa e ogni cosa, per essere edificate, hanno bisogno di solide fondamenta. Recriminare, continuando a rivangare il passato, vuol dire trasformare la propria vita in una vita/tenda, che si smonta e si monta a piacimento, ma basta un semplice colpo di vento per farla volare via.

È vero, la mia infanzia non è stata felice, l'enorme aspettativa di amore che io come tutti i bambini avevo venendo al mondo è stata tradita.

Non si può tornare indietro, non si possono addossare colpe.

I genitori perfetti, così come i figli perfetti, sono un incubo partorito dalle dittature psicologiste. Ognuno di noi diventa quello che deve diventare proprio in relazione alle carenze e alle povertà dei propri genitori.

Crescendo, dobbiamo saper riconoscere in noi quello che di loro non ci piace, e lavorare duramente per trasformarlo nel suo opposto.

Solo questo è in grado di dare una profonda libertà alla nostra vita. Quella libertà che è capace di generare la compassione e il perdono.

Luce che scende a rigenerare il mondo.

Perché creare per poi distruggere?

Che il mondo fosse vuoto, che fosse una pura accozzaglia di materia gettata lì dal caso per ingannare il tempo, è un sospetto che non ha mai sfiorato il mio cuore, né la mia mente.

Nel mio piccolo mondo da naturalista, man mano che acquisivo più conoscenze di botanica, di zoologia e di mineralogia, mi appariva con sempre maggior chiarezza l'ordine meticoloso sotteso a tutto l'esistere. La chimica e la matematica mi sono sempre sembrate di un'incredibile bellezza: soltanto Qualcuno di veramente straordinario poteva aver immaginato quell'ordito di leggi perfette in grado di sostenere l'intero universo.

A quel Qualcuno però non riuscivo a dare un volto preciso.

Chi aveva creato la vita aveva anche creato la morte?

E per quale ragione?

Se la morte fosse stato soltanto uno spegnere l'interruttore, un gesto sobrio e privo di clamore, come quello che ora viene invocato dai sostenitori dell'eutanasia, forse in qualche modo avrei potuto anche abituarmi all'idea.

Ma un giorno, purtroppo, nel cortile del palazzo avevo trovato il corpo di un gattino. Non so chi l'avesse lasciato lì, aveva già una bella pelliccia morbida e gli occhi si stavano aprendo sul mondo. Il pancino che si muoveva mi diceva che era vivo, ma la sua bocca e il suo naso erano già invase da larve biancastre che lo stavano divorando. Affannosamente, disperatamente, con le dita, con delle foglie, con dei bastoncini ho cercato di eliminare i vermi ma, più ne toglievo, più se ne riformavano. Sembravano i capelli serpenti della Medusa che, tagliati, ricrescono con sempre più vigore.

Per ore ho combattuto per quel corpicino inerme, le mani tremanti, lo sguardo offuscato dalle lacrime. La sera l'ho lasciato ancora vivo, la notte ho pregato Qualcuno, chiunque fosse lassù, di salvarlo, mi sarei presa cura di lui tutta la vita, l'avrei amato come nessuno l'avrebbe amato.

Il giorno dopo, di ritorno da scuola, mi sono precipitata nel cortile e l'ho trovato ancora nel letto di foglie dove l'avevo deposto, ma era immobile, freddo, gli occhi e il naso ormai completamente divorati dalle larve.

Che colpa poteva avere quel gattino tigrato per meritare una fine così atroce? Perché le mie cure e le mie preghiere non erano riuscite a salvarlo?

Quante forze c'erano nell'universo?

Una creava la vita, certo, ma non ce ne era forse un'altra, indifferente alle suppliche, capace solo di distruggere?

O erano invece i due volti della stessa forza?

Il dono dello stupore

Che cosa genera il dolore gratuito, se non la rivolta?

Che i malvagi ricevano una punizione su questa terra, e magari anche dopo, può andare bene. Anzi l'idea dona sollievo ai più, ma gli innocenti, quelli che non hanno colpa? Un gattino? Un bambino? Come si può accettare una simile follia?

A molti basta questo per rifiutare per sempre qualsiasi concetto che si discosti dall'anarchia del caso, per altri invece il dolore è una sfida ad andare avanti. Tutto quello che accade ci interroga, e l'interrogazione è l'unica via che ci permette di sottrarre postazioni al nulla. Il male non ci divora, il dolore ci devasta, ma non ci annienta.

Dal momento che ho avuto il dono della vita, e quindi della conoscenza, non ho problemi a discutere con gli altri. Anche se non so cos'è, anche se non so come la troverò, voglio andare incontro alla Verità che abbraccia e sostiene ogni cosa.

Non è il mondo degli uomini che ci parla di lei, ma piuttosto il mondo dove gli uomini sono assenti – il mormorio di un bosco di conifere sfiorato dal vento, lo sguardo luminoso di un vitello appena venuto al mondo, la fragilità splendente di una farfalla, il volo di un gheppio sospeso lassù contro le nubi del cielo.

La voce del mio cuore non avrebbe potuto parlarmi così profondamente se non mi avesse dato il dono dello stupore.

Stupore per la bellezza, stupore per l'armonia che, comunque, vedevo – e vedo – intorno a me. È stato sicuramente questo senso di percezione del bene e del bello a salvarmi nei momenti più oscuri della mia vita.

E che cos'è lo stupore, se non un senso di improvvisa, incredibile meraviglia? Ciò che credevamo non essere, all'improvviso ci mostra che è, le fibre più profonde della nostra persona percepiscono, come un bagliore, l'esistenza di una realtà altra.

Per una frazione di secondo, il giogo del tempo viene infranto, e quella frattura genera uno scorcio sull'eternità.

Ah, è dunque da lì che veniamo?

È lì che siamo attesi?

Un istante in cui la Luce ci abbaglia.

Il sigillo di questa Luce è la bellezza che si offre costantemente a noi, senza ragione. In modo gratuito.

Modesti orizzonti

In tutto questo mio peregrinare di domande c'era stato, per breve tempo, anche l'incontro con la religione ufficiale.

In primis a scuola dove, se la memoria non mi tradisce, si iniziavano sempre le lezioni recitando una preghiera in piedi, e poi, nei pochi mesi di catechismo che un tempo precedevano la prima comunione.

Mio padre era estremamente contrario a tutto questo. Era infatti convinto che introdurmi in quel mondo avrebbe voluto dire rinchiudermi in una realtà dai modesti orizzonti. Data la scarsa frequentazione che aveva con la sua famiglia, non aveva potuto rendersi conto della mia allergia innata per i modesti orizzonti. Per fortuna, anche, grazie al suo ruolo sempre più evanescente, la sua volontà non fu minimamente tenuta in conto. C'era un nonno cattolico, ed era quel nonno che si era caricato sulle spalle il mantenimento dei naufraghi.

Così ci fu catechesi, ci fu comunione, ci fu cresima.

Le mie aspettative erano immense. Intuivo che lì, in quei pomeriggi inghiottiti dal buio invernale, in quelle aulette umide e maleodoranti, sarebbe accaduto qualcosa di davvero importante. Avrei potuto parlare di Dio fino allo sfinimento con persone che non si occupavano d'altro. Ero certa che avrei trovato qualcuno più grande e più sapiente di me, qualcuno che mi avrebbe teso la mano e mi avrebbe aiutato a passare il misterioso guado che mi separava dalla Verità.

Ciò che sognavo di sperimentare era qualcosa di simile a un'accademia rabbinica, ciò che in realtà mi trovai a frequentare era un corso parrocchiale di routine dei primi anni sessanta. *Non farti domande più grandi di te.* Anche lì, come a scuola, come a casa, divenne questo il leitmotiv delle mie lezioni.

Dovevamo credere a quello che ci veniva detto, non fare domande.

Ma come potevo credere a un Dio che chiede a un padre di sacrificare il suo unico figlio, tagliandogli la gola? La lama del coltello di Abramo luccicava angosciosamente sospesa in tutti gli angoli oscuri della mia mente.

Dato il costante fastidio che mio padre provava nei nostri confronti, mi sembrava anche abbastanza azzardato fare una proposta del genere. Potevano esserci genitori che non aspettavano altro, che erano così impazienti di obbedire che, anziché raggiungere il monte Moria, avrebbero agito direttamente lì, sul tavolo di fòrmica della cucina.

Padri che uccidono i figli

Quello che avevo immaginato, ormai cinquant'anni fa, è ormai diventata una routine quasi quotidiana.

All'improvviso, senza alcun segnale premonitore, un padre impugna un coltello e, in pochi istanti, pone fine all'esistenza dei suoi figli. Non c'è alcun rovo vicino, nessun capro che vi finisce impigliato dentro. Il luogo del figlicidio non è il contrafforte di un monte o una landa desertica – lì dove la Voce chiama – ma quello, apparentemente più rasserenante, di un focolare domestico.

Si sgozzano bambini coperti dal piumone, ancora abbracciati al loro orsetto. Si conficca loro un coltello nel cuore mentre sognano la giornata che trascorreranno con i genitori al mare.

Padri normali con mogli normali, con case

normali, dove ogni segno esteriore parla di affetto e cura per i bambini. Non sono alcolisti né tossicodipendenti, sono per lo più padri con un lavoro, una macchina, una raggiunta dignità sociale. La salvifica immagine del *raptus* viene presto a liberarli da qualsiasi responsabilità. *Non ero io, una voce mi ha ordinato di farlo.*

Non essendoci la voce del Padre, altre voci parlano in vece sua.

Il figlicidio è l'abominio degli abomini.

Abominio biologico, umano e spirituale.

Eppure, c'è poca voglia di andare in fondo a quest'abominio. Scavando anche di poco, si scoprirebbe ben presto che, ancora una volta, ciò che troviamo sotto è la sabbia.

Se la paternità è soltanto una rappresentazione narcisistica, è facile essere travolti dagli imprevisti. Uno sbandamento sentimentale, un problema con il lavoro, una semplice e banale stanchezza possono scatenare il *raptus*.

Una vita come rappresentazione è una vita sul filo del rasoio perché il pubblico è esigente e il copione può avere bruschi cambiamenti. Se si interpreta la parte di padre – o di madre – senza aver mai riflettuto su cosa siano davvero un padre o una madre, senza mai essersi assunti consapevolmente il peso del generare, si rischia di venire facilmente travolti dagli eventi.

Eliminare la discendenza vuol dire annientare il proprio stesso senso. Dato che non sappiamo perché viviamo, non vogliamo responsabilità, non vogliamo aver nessuno a cui rendere conto dell'esistere.

Mio padre ha vissuto all'avanguardia di questa modernità.

Non voleva che nulla gli tarpasse le ali.

Nessun legame, nessuna responsabilità.

Il fatto che, in uno dei suoi voli, avesse procreato tre nuove vite non lo considerava un fatto molto diverso da un inevitabile processo naturale. Nascono le lumache, spuntano i funghi, nascono i figli.

I conti non tornano

Quel Dio con la barba bianca non mi era particolarmente simpatico. Aveva chiesto ad Abramo di uccidere suo figlio e, non appena ne aveva avuto uno suo di figlio, Gesù, aveva pensato bene di mandare a morte anche quello. L'aveva fatto per venirci incontro, per farci un piacere, ci veniva detto, ma era un piacere che non gli avevamo richiesto.

Come si poteva essere grati per essere stati la causa di morte di una persona? C'era il peccato originale da scontare certo, ma in che modo potevo io essere responsabile di una cosa fatta nella notte dei tempi? E per una cosa così poco desiderabile come una mela, poi. Almeno fosse stata una bicicletta fiammante!

Insomma, più facevo i conti, meno questi conti tornavano. C'era l'universo di sensazioni e di pensieri che avevo dentro – un universo complesso, contraddittorio, immerso in un'altissima densità emotiva – e poi c'era quel mondo di imperativi, di favori non chiesti, di colpe da scontare, di sangue innocente che grondava a piene mani.

In che modo potevano conciliarsi?

La mia sete di Verità era sempre lì, infinita. Solo che, anziché raggiungere una condizione di maggiore chiarezza, era ora sprofondata in una nuova fumosità. Il Padre amoroso che ordina solo morti non poteva che gettarmi in uno stato di profondo sconforto. La sua tirannia non riusciva a produrre nessuna eco nel mio cuore, e questo mi faceva sentire ancora una volta disperatamente sola.

Una diversa densità nell'aria

Per motivi banalmente cronologici, ho avuto la fortuna di frequentare la catechesi quando era ancora vivo e presente il senso del sacro nell'insegnamento e nella liturgia.

Anche se ero perplessa, anche se le mie domande, nel caso avessi mai trovato il coraggio di formularle, avrebbero avuto il sapore dell'eresia, ero perfettamente cosciente di essermi inoltrata in un territorio che niente aveva a che vedere con la vita di tutti i giorni.

In quel luogo la densità dell'aria era diversa e, in quella densità, bisognava muoversi come si fosse dentro a un negozio di cristalli, con cautela e attenzione, trattenendo il fiato.

Se fossi cresciuta nei decenni seguenti, quando, con furore democratizzante, la sacralità di Cristo è stata trasformata nel Gesù "che è nostro amico", non so se avrei provato una sensazione analoga. No, non ho mai avuto il desiderio di tenderGli una mano per fare un girotondo con Lui, né di sedermi accanto a Lui su una panchina per raccontarGli i miei problemi, come fosse l'assistente sociale di una cooperativa di soccorso.

Ricordo le prove generali per la prima comunione, nella penombra dello spelacchiato giardinetto della parrocchia.

Il terrore che l'Eucarestia toccasse il palato era unanimemente condiviso e dunque, di propria iniziativa, ognuno di noi cercava di acquisire, con dei simulacri, l'abilità necessaria per evitare la catastrofe.

Personalmente, estraevo la mollica del panino per la merenda, la rollavo e l'appiattivo tra i palmi e, quando mi sembrava che avesse raggiunto dimensioni abbastanza simili all'originale, con lo stesso tremore di un mangiatore di spade infuocate, tentavo la rischiosa operazione. Operazione che per lo più falliva, costringendomi poi a imbarazzanti manovre con l'indice per il distacco della mollica dal palato.

Che agitazione, che ansia, che insonnia nei giorni precedenti al giorno stabilito! E quanto mi irritavano le compagne che non pensavano ad altro che al vestito, ai regali, al pranzo di famiglia che sarebbe seguito!

"Mangerete Dio!" volevo gridare loro in faccia, "e vi occupate solo di cose sciocche."

Nonostante l'insofferenza nei confronti del Padre, di una cosa, infatti, avevo l'assoluta certezza – quel pane azzimo dalla forma di una piccola luna piena conteneva un'energia che era diversa da tutte le altre. Portarla all'interno di sé voleva dire avere finalmente la chiave di accesso per quella dimensione che avevo intuito esistere da sempre nella parte più profonda del mio cuore.

Dove finisce un aquilone?

Nella vita, a volte, basterebbe che qualcuno a un tratto ci tenesse per mano. Un passaggio difficile, una cengia, un guado dalle acque minacciose. Niente è insuperabile se accanto a noi si manifesta una presenza rassicurante.

Ma se, accanto, abbiamo solo il vuoto?

Dove finisce un aquilone quando nessuno più lo trattiene? Risucchiato dalle correnti ascensionali, probabilmente scompare nello stesso paese dove spariscono i palloncini.

Così io già veleggiavo verso il cielo, il fascino dell'alto era quello della mia vita. Non so Chi mi avesse messo dentro questo tarlo. Sentivo la brezza sfiorare la mia carta velina e le coda colorata frustava allegra l'aria come se stesse cantando: "Si va, si sale, lassù, sempre più su."

Ho impiegato parecchio tempo ad accorgermi

che quella corsa felice non era più trattenuta da una mano, che le correnti violente mi trascinavano da ogni parte, mentre l'umidità, la pioggia e la grandine stavano trasformando il mio corpo di carta e di balsa in un misero straccio. Gli stracci non sanno cosa sia la levità dell'aria, precipitano cupamente al suolo, spappolandosi in una poltiglia. La voce argentina che poco prima cantava, all'improvviso tace.

Dove sono finita, cos'è questa melma, questo pantano senza orizzonti?

La nebbia ha divorato la luce.

Ogni cosa è ovattata dal suo manto.

Non c'è più nord né sud, né est né ovest.

Tutto si equivale e non provoca turbamento.

Questa opacità in qualche modo conforta, non si deve più scegliere né rischiare, si può stare fermi ad aspettare. Ogni tanto si viene presi dalla sonnolenza ed è una sonnolenza che si fa sempre più forte. Non tutti, non sempre si accorgono che quel torpore è l'anticamera della morte.

Così la nebbia a un tratto sale e avvolge la tigre abbarbicata sulla parete. Nella taiga non ha alcun problema a orizzontarsi, anche se la visibilità è limitata, ha orecchie e naso sopraffino, e vibrisse in grado di percepire anche il minimo spostamento d'aria.

    La tigre predilige la foschia, è da lì che sferra i suoi attacchi mortali, ma se il terreno, invece di essere orizzontale, diventa verticale? In quell'innaturale posizione ogni riferimento è perduto. Per un attimo, invidia gli ungulati, i rapaci, tutte le creature in grado di spiccare un salto, con un semplice battito di ali.

Un sottile filo rosso

Bisogna aver vissuto un certo numeri di anni, e aver messo a fuoco l'idea della Provvidenza, per rendersi conto che tutto ciò che ci accade, in realtà, ha un senso.

Bisogna essere caduti molte volte, e molte altre volte aver provato a rialzarsi, per scorgere, dietro le infinite umiliazioni, le infinite fatiche, un filo rosso che fin dall'inizio lega tra loro i nostri giorni, donando loro senso. E questo senso non è una risposta, bensì la formulazione di una sola antichissima domanda.

Chi sono?

Chi sono per davvero, nel profondo, dietro tutte le apparenze? Tanto la modernità aborre la domanda della coscienza singola, altrettanto è prodiga nel dispensare verità in grado di omogeneizzare e placare l'energia delle masse.

Osservando la realtà contemporanea, si può ritenere *Il grande fratello* di Orwell un tenero testo per educande. La natura umana viene costantemente travolta e manipolata da forze opache, apparentemente benefiche, dotate di mezzi straordinariamente potenti e sottili.

Difficile, sempre più difficile aprire gli occhi.

Difficile, sempre più difficile trovare la forza per fare un salto e venirne fuori.

E questo scardinamento dell'umano è avvenuto in tempi incredibilmente rapidi, e prosegue a ritmi così sostenuti che è davvero arduo non venir colti da una grande angoscia.

Separare l'uomo dall'idea del destino è stato il colpo di genio magistrale. Non dobbiamo più chiederci chi siamo, perché è la stessa società a risponderci, prima ancora di aprire gli occhi.

E ce li fa aprire, e solo se non le causeremo costi, infiniti dolori e noie ai nostri genitori, altrimenti finiremo i nostri giorni risucchiati in una bacinella di inox.

Ma se superiamo trionfalmente i test genetici ecco che subito, al primo vagito, ci viene detto che il nostro primo diritto è quello alla felicità. Qualsiasi cosa noi vogliamo fare per raggiungerla, sarà lecita, perché il fine giustifica sempre i mezzi.

Siamo nati per consumare, siamo nati per desiderare, la società esiste soltanto per venire incontro ai nostri desideri. Se qualche problema si interpone tra noi e questa realizzazione – ogni tanto si affacciano ancora alcuni spettrali relitti, quali la malattia e la morte – non dobbiamo temere perché la scienza e la tecnica, le nostre grandi alleate, in un modo o nell'altro riusciranno a spianarci la strada.

Dobbiamo avere fede dunque non nel nostro destino ma in ciò che la tecnica sa fare. Non c'è ostacolo, infatti, che non possa abbattere. Ciò che oggi sembra impossibile domani sarà realtà. Non dobbiamo inquietarci, né restare insonni!

Non siamo altro che un sofisticato motore, e su di noi veglia il più esperto dei meccanici!

Qualcuno deve pagare!

Ma dove ci conduce davvero quest'abbandono del destino?
Ci porta a quello che abbiamo sotto i nostri occhi tutti i giorni. Insoddisfazione, rabbia, risentimento, continuo bisogno di rivalersi su qualcun altro.
Ed è giusto che sia così perché, se siamo stati gettati per caso su questa terra, qualcuno sarà pure responsabile di tutto quello che ci accade e non corrisponde alla nostra volontà. Qualcuno dovrà essere giudicato, qualcuno dovrà pagare e non saremo certo noi perché, in questa vicenda in cui siamo stati coinvolti, sappiamo per principio di essere innocenti. Così infatti ci è stato detto, che noi siamo buoni per natura, dunque tutto il negativo che ci colpisce deriva dall'azione di altri.

Siamo disposti a ingaggiare i migliori avvocati affinché i colpevoli paghino; se perdiamo un processo, ne intenteremo degli altri. Se verremo di nuovo sconfitti, magari passeremo alle vie di fatto perché, se la giustizia dei tribunali non funziona, quella delle armi è sempre efficace. Oppure ci ottunderemo con le droghe, con i farmaci, con tutte quelle pillole sempre più colorate, sempre più micronicamente mirate ad annichilire ogni nostra più piccola inquietudine, ogni cenno di insonnia, ogni larvato, microscopico desiderio di ribellione. Se non riusciamo a ottenere la felicità, almeno che la pace sia con noi.

Pace in grammi, pace in molecole, pace che ci consola, che ci ottunde, che, con dolce neutralità, ci trasporta nel mondo dei morti viventi. La pace sia con noi e con i nostri figli, trasformati in zombie alla prima irrequietezza.

Il ghigno di morte della vita fine a se stessa è così facile da svelare, eppure così poche voci si levano a gridare l'inganno. I media sono potenti, manipolano e filtrano solo ciò che a loro conviene. Se si lasciano sfuggire qualcosa, non è altro che un mormorio – il minimo, il giusto, il sopportabile – per far credere ciò che unanimemente viene accettato.

Viviamo in una democrazia e a tutti viene concessa la libertà espressione. E in effetti è vero, è proprio così. Mai come ora ogni singola persona ha avuto la possibilità di manifestare la propria opinione.

Ma l'opinione sta al fondamento come un topo sazio, rinchiuso in una scatola, sta alla tigre affamata, sospesa sulla roccia.

Vagabondaggi

A tredici, a quattordici anni vivevo prevalentemente per strada.

Mia madre aveva iniziato una nuova relazione e spesso lavorava fino a tarda sera. Grazie a questo, l'attenzione per i figli si era ulteriormente ristretta. Non si angosciava certo per sapere cosa facessi nel mio tempo libero. Appena possibile, mi fermavo a dormire da qualche compagna di scuola, prediligevo quelle che avevano intorno a loro qualcosa che somigliasse a una famiglia. "Dormo fuori!" comunicavo da qualche cabina, e questo era tutto.

Dopo la tregua della fanciullezza, le domande erano risalite in superficie con una nuova, febbricitante, virulenza.

Ogni tanto passavo la notte da un'amica, in campagna. Invece di dormire, trascorrevamo il tempo sdraiate nei campi, incuranti del freddo e dell'umidità, interrogando per ore la volta celeste.

Importava qualcosa di noi alle stelle lassù?

Il fuoco che ardeva in loro era inimmaginabile per noi. Dalla terra quei piccoli soli sembravano soltanto dei puntini di ghiaccio.

Da qualche parte, nello spazio siderale, era nascosto il nostro destino?

Oppure era scritto solo nel nostro cuore?

Come sarebbe stata la nostra vita adulta?

Avremmo fatto un lavoro che ci piaceva?

E il grande amore? Lo avremmo trovato, prima o poi?

E i figli?

Quel cielo, che colmava l'orizzonte da parte a parte, era la nostra sfera di cristallo. Svelaci il nostro volto, la nostra strada!

A volte però ci domandavamo anche se non fosse più saggio non sapere niente. E se ti dicesse che domani morirai? Non è meglio vivere facendosi sempre sorprendere?

Ricordo ancora la sonnolenza dell'alba, i galli che cantavano intorno e l'umidità feroce che ci entrava nelle ossa.

Parlami!

Durante l'adolescenza, la grazia delle domande bussa spontaneamente alla porta.

In un'epoca di rare distrazioni come quella in cui sono cresciuta bussava quasi con irruenza, ora deve sgomitare nel frastuono per riuscire a farsi aprire se non una porta, almeno uno spiraglio, ma sicuramente bussa ancora e ai ragazzi che osano mettersi in ascolto offre da subito un dono straordinario – quello della luce che, a un tratto, irrompe nello sguardo.

Andavo in giro in bicicletta per le periferie della città, mi fermavo sui cavalcavia a osservare le macchine sull'autostrada, camminavo lungo le linee ferroviarie. Le speculazioni metafisiche infantili si erano tramutate in un'energia cinetica difficilmente controllabile. Avevo bisogno di muovermi, avevo bisogno di andare fuori. Percorrevo chilometri e chilometri ogni pomeriggio. Non ero alla ricerca di record o di qualche forma di salutistico benessere, speravo piuttosto che quel surplus di ossigeno rendesse un po' meno incandescenti le domande che mi urgevano dentro.

Dalle alte sfere dell'infinito, infatti, ero scesa alle basse sfere dell'umano e non cessavo di interrogarmi sulla relazione tra le due. Nel frattempo, la mia situazione familiare era scivolata in uno spaventoso degrado. La solitudine dell'atollo, a cui eravamo ormai quietamente abituati, si era trasformata in una condizione satura di odio e di violenza, e questo nuovo livello di realtà spingeva la mia vita verso un altro livello di naufragio.

A volte prendevo una corriera di linea e andavo verso i monti, ogni tanto mettevo il sacco a pelo e la tenda nello zaino e dormivo fuori, verso le cime, in qualche bosco. Lassù interrogavo con disperazione il cielo, e il cielo non mi dava risposte.

Provavo però pace nello scorgere la maestà di un cervo.

Pace per il mormorio degli abeti, uno dei grandi respiri della terra, insieme a quello del mare.

Pace per la lieve grazia di uno scoiattolo.

Pace per la bellezza che non aveva mai smesso di parlare al mio cuore.

Pace pace pace sentivo dentro di me, distesa sul morbido letto di aghi.

Pace pace pace per quel mondo di intima fratellanza. Pace che però, al solo pensiero di dover tornare nel mondo degli uomini, ardeva come un rogo di paglia e subito si trasformava in tormento.

Camminando e pedalando, mi imbattevo a volte in piccole chiese, in pievi. Allora vi entravo, portando un fiore appena colto sull'altare. Mi inginocchiavo ai piedi del Crocefisso, implorando: "Parlami!"

Ma il Suo capo rimaneva chino, i Suoi occhi caparbiamente chiusi.

Agnus Dei, qui tollis peccata mundi.

L'Avversario

Beati coloro sulle cui spalle non è stato posto un carico troppo grande.

Beati coloro che docilmente – per tradizione, per fortuna, per fedeltà o per inerzia – seguono la strada già tracciata da altri!

Vanno in chiesa perché lo fanno i loro genitori, perché si riconoscono nei valori del cattolicesimo.

Vanno in chiesa perché c'è un'allegra compagnia che li accetta sempre, senza mai giudicarli.

Vanno in chiesa perché Gesù è simpatico, non c'è nessuno più grande di Lui!

Le fondamenta della loro vita non sono messe in discussione, la bontà è sempre stata posta davanti a loro come la migliore delle opzioni, sanno che devono sforzarsi di andare in quella direzione.

Beati, beati, beati coloro che la vita ha protetto, e non si sono mai scontrati con il ghigno infernale del male.

Beati coloro che non hanno avuto le carni dilaniate dai suoi artigli.

Beati coloro che possono permettersi il lusso dell'ingenuità.

Beati, beati e ancora beati coloro per cui il triduo pasquale è soltanto la festività la più bella.

L'orizzonte della tigre è diverso, lei sa fin dall'inizio che la vita è un combattimento. Forse il Cielo l'ha scelta per ascendere proprio in virtù della sua possenza: artigli e zanne sempre pronti a colpire.

La tigre sa che la vita è una giungla e non una passeggiata sul corso, i suoi sensi sono perennemente all'erta. Anche se dorme, ha gli occhi aperti e veglia, perché conosce la subdola astuzia del suo Avversario.

Chi osa ormai parlare di lui?

Dopo aver sventagliato fiamme e satanassi a ogni piè sospinto – per garantirsi la fedeltà dei devoti e la complicità dell'ordine costituito – la Chiesa ha deciso di porsi al passo con i tempi, sbarazzandosi di tutta quell'anticaglia, come fosse una tappezzeria polverosa ormai passata di moda.

Tutto deve essere facile, tutto deve essere indolore. Dei due poli della vita dell'uomo – il bene e il male – uno è stato temporaneamente messo in ombra. E quest'oscuramento, quest'assenza di dialettica tra le parti, piace molto all'Ombra.

Fede e religione

Confondere la fede con la religione crea non poche confusioni.

In alcuni punti, è vero, le due realtà si sfiorano e si sovrappongono, ma gli stati interiori che suscitano hanno valenze estremamente diverse.

La religione è per lo più una entità collettiva, procede da millenni come un lento fiume, trascinando con sé, nelle sue usanze, generazioni e generazioni di persone, mentre la fede è sempre un percorso individuale. Con il proprio bagaglio, le proprie esperienze, le proprie forze, si decide di mettersi in viaggio. La meta sulla carta non è chiara, la si intuisce appena; di falsi arrivi capita di farne tanti. Ogni volta che si è convinti di afferrare ciò che si ricerca, l'immagine svanisce come un miraggio e ci costringe ad andare avanti.

Sperduti nel mezzo del deserto, accade di essere sopraffatti dal pentimento. Perché mai abbiamo deciso di partire, lasciando tutto ciò che ci era noto? La lunga strada percorsa – e la fatica – hanno ormai cancellato la ragione che ci ha spinti a metterci in cammino. Solo nella quiete della notte, circondati dai passi leggeri delle volpi del deserto e dall'aria fredda che accarezza la sabbia, ricompare come un lampo luminoso la ragione del nostro viaggio.

Ecco sì, eravamo scontenti!

Con gli anni e l'esperienza ho capito che le persone si dividono in due categorie – quelli che sono aperti alla dimensione del cambiamento, e quelli che invece la rifiutano. Quelli che accettano il pungolo dell'inquietudine, e quelli che sono soddisfatti di come sono e, anche se non lo sono, rimangono ugualmente fermi. *Sono così, che ci vuoi fare!* Quelli che accettano acriticamente il destino e quelli che, dietro al destino, sanno intuire un progetto più grande e, grazie a quell'intuizione, si alzano e si mettono in cammino.

La nostalgia dell'Eterno

Come le rondini che a metà agosto cominciano a venir prese dalla febbre migratoria e al crepuscolo con alte strida in gruppi ahimè sempre più piccoli si richiamano e si raccolgono sui fili, così anche noi, a un certo punto della nostra vita, possiamo sentire lo stimolo di prendere il volo.

Al di là del mare, un altro mondo ci chiama.

Non l'abbiamo mai visto, non abbiamo in mano un contratto che ci garantisca l'approdo, non sappiamo neppure se le nostre forze saranno sufficienti. Forse una notte, sfiniti, verremo inghiottiti dai flutti.

Eppure, partiamo lo stesso.

Come i piccoli rondinotti nati in Italia, già al primo volo intorno al nido hanno nostalgia dell'Africa, così noi, nelle parti più segrete del cuore, custodiamo sempre la nostalgia della voce dell'Eterno che ci chiama.

Bene e benessere

La fede è l'esatto opposto dell'oppio.

Anzi, in questi tempi di oppio diffuso a piene mani, direi che è l'unica via per trovare salvezza. Dove salvezza vuol dire ancorarsi alla profondità dell'uomo, anziché farsi trascinare nell'obbedienza cieca degli insetti sociali che questa società, sempre più omogeneizzata, ci propone come il più ragionevole e desiderabile degli orizzonti.

Quello che un tempo faceva la Chiesa – tenere la società unita e compatta grazie all'osservanza delle sue leggi – oggi lo fa, in modo molto più agile e leggero, la potenza dei media.

Con una piccola ma non trascurabile differenza.

Alla base della compattezza religiosa c'era il rispetto per i Dieci Comandamenti – riconosciuti universalmente come base etologica della natura umana e compimento della persona –, mentre alla base della compattezza consumistica ci sono i diritti dell'individuo, e dunque l'esaltazione di un ego che diventa sempre più smisurato, sempre più indomabile, sempre più affamato di potere.

La barbarie che credevamo, se non scomparsa, almeno fortemente affievolita, è riesplosa con una virulenza ormai incontrollabile. *Mors tua, vita mea* è lo stendardo sotto cui questo tempo prospera.

Tempi duri per gli agnelli.

Tempi duri per chi si chiede chi governi questo cambiamento.

Quali sono gli obiettivi che si pone?

A chi appartiene il vantaggio?

È il bene dell'uomo il suo pensiero più alto, o più semplicemente il suo benessere?

E il benessere a cosa porta se non a volerne sempre di più?

E come lo posso ottenere, se non a scapito degli altri?

Sotto i flauti melliflui della democrazia assoluta, dilaga il più spietato darwinismo sociale. Povero Darwin! Uomo buono, profondo e paziente, se sapesse a quale abominevole visione viene legato il suo cognome!

L'emergere sempre più prepotente di alcuni forti – dove la forza riempie tutti i gradi del potere, da quella fisica a quella più opaca, che avviene nel lontano mondo delle transazioni economiche – richiede che, sull'altro piatto della bilancia, vengano poste moltitudini di poveri, di deboli, di esseri costretti soltanto a ubbidire.

Il più delle volte, per giungere a questa condizione, non viene usata la frusta ma, piuttosto, la forzata allegria del paese dei balocchi.

È tardi quando Pinocchio si accorge di avere due orecchie pelose.

È tardi quando ci accorgiamo che l'orizzonte di quella libertà, così affannosamente e caparbiamente inseguita, ha l'oscurità e lo spessore delle pareti di un formicaio.

La folgore della fede

San Paolo ha fatto un bel po' danni nel corso dei secoli con la sua improvvisa caduta.

L'acerrimo nemico di Cristo, lo zelante persecutore, cade da cavallo e, appena si rialza, pur momentaneamente cieco, vede ogni cosa con chiarezza.

Grazie a questa immediata conversione, nell'inconscio di molti – di troppi – si è fissata l'idea che la fede sia una specie di folgore che colpisce all'improvviso, senza che ce lo si aspetti. Da quell'istante in poi tutto cambia: quello che fino ad allora ci sembrava incredibile – e anche un po' ridicolo –, all'improvviso diventa per noi un'assoluta certezza e, sull'altare di questa certezza, siamo pronti a dedicare l'intera vita.

Questo tipo di conversione – che, numericamente parlando, riguarda una ristretta minoranza – ha introdotto l'idea che l'irrompere della fede non sia poi molto diverso dall'arrivo di un pacco a sorpresa. E allora, invece di mettersi in cammino, ci si limita ad aspettare. Non c'è ansia in questa attesa, piuttosto una quiete fatalista. *Non ho la fede, non è mai arrivata!* si ripete. *Chissà, forse c'è stato un disguido alle poste!*

Ma il disguido è uno solo, quello di non aver accolto a braccia aperte l'inquietudine, il sentimento più profondamente umano e, al giorno d'oggi, direi anche il più profondamente osteggiato.

Niente ci deve inquietare perché l'inquietudine è uno spiraglio costantemente aperto sull'impermanenza, e da quella parte è pericoloso guardare.

Pericoloso, perché potrebbe renderci coscienti della fragilità, perché potrebbe farci capire che ogni nostra azione ha un peso, ed è quel peso a spingerci in una direzione o in quella opposta.

Pericoloso, perché potremmo alla fine sospettare che, oltre al tempo, esiste anche l'Eterno e che, diversamente da Kronos che divora i suoi figli, a quelli che si rivolgono a Lui, l'Eterno offre una vita immersa in una Luce senza tramonto.

Stiamo fermi, dunque, non ci interroghiamo, non ci mettiamo in ricerca, perché tutto quello che c'è da conoscere sta già davanti a noi.

Se non siamo nella lista, il pacco non arriva.

La responsabilità dunque non è nostra ma di chi, per sua cieca follia, ha scelto di agire secondo le leggi dell'assoluta casualità.

Aprirsi all'incontro

Per organizzare un incontro, bisogna prima prendere degli accordi, fissare un'ora o un luogo. Tutti gli appuntamenti – di lavoro, medici, di svago – seguono questa semplice regola.

Ma esistono anche altri tipi di incontro – quelli che preludono a una grande amicizia, un amore, a una nuova apertura della mente e del cuore – e quest'incontri, di solito, avvengono in modo apparentemente casuale.

A un tratto, tra la folla veniamo colpiti da *quegli* occhi, da *quel* volto e, nel guardarli, sappiamo con assoluta chiarezza che quegli occhi, quel volto ci riguardano. Da quel momento, non pensiamo ad altro che al modo in cui potremmo entrare in contatto con quella persona.

In un mondo in cui ormai tutti vivono con gli auricolari conficcati nelle orecchie e gli occhi costantemente rivolti a qualche schermo luminoso, è sempre più difficile che, nella quiete di un giorno qualsiasi, irrompa la straordinaria grazia di un incontro.

L'autismo elettronico ci rinchiude tutti in invisibili scafandri, la realtà che conosciamo è soltanto quella che viviamo all'interno della nostra armatura e che ci spinge a una bulimia di incontri virtuali che, in realtà, non sono altro che una carestia di incontri.

Che incontro è infatti un incontro che non ci cambia, che non ci costringe ad assumere lo sguardo dell'altro?

E non è così anche con la fede?

A un certo punto sentiamo che nella nostra vita c'è un vuoto.

Qualcosa, qualcuno vi manca.

Non conosciamo il suo volto né il suo nome, eppure una parte molto antica di noi ci fa intuire la necessità della sua presenza. C'è un'ombra di nostalgia in fondo a ogni nostra azione. Di notte dormiamo, ma il nostro cuore resta sospeso, vigile, veglia. Non sappiamo se chiamerà forte il nostro nome, oppure se incroceremo i suoi occhi tra la folla. Non sappiamo come faremo a sapere che quegli occhi sono davvero i suoi. Quelli che ci cercavano. Quelli che noi cercavamo.

All'inizio del cammino, l'unica cosa che ci è chiara è l'assenza, e che questa assenza molto rapidamente si trasforma in sete. Una sete terribile che non viene soddisfatta da nessuna delle bevande che generosamente ci vengono offerte. Anzi paradossalmente più beviamo, più abbiamo sete. Non c'è aranciata, né gazzosa, né birra, non c'è bicchiere, né bottiglia, né botte in grado di dissetarci.

Per questo camminiamo, per questo andiamo avanti.

Per cercare la sorgente.

III

UN FARO NELLA NOTTE

Fratello sole, sorella luna

Nei miei giri adolescenziali, nelle mie feroci esplorazioni del mondo, a un certo punto ho cominciato a portare con me un Vangelo.

Dopo la gloriosa fiammata dei sacramenti – comunione e cresima – compiuta in un'unica settimana a otto anni e il breve fervore che ne era seguito, la mia pratica si era rapidamente e quietamente spenta. Frequentare la chiesa – a parte il nonno che, nel frattempo, era morto – non era un'abitudine della mia famiglia. Anzi, non farne parte e riservarle un sarcastico distacco era considerato piuttosto motivo di vanto.

La straordinaria forza che avevo sentito in me il giorno della cresima – quando le mie attitudini marziali avevano trovato finalmente soddisfazione nell'immagine allora comune del soldato di Cristo – era svaporata sotto il peso di una quotidianità priva di spiragli.

Svaporata, ma non spenta.

Come la cenere che troviamo nel caminetto al mattino e che, in realtà, conserva negli strati più profondi dei tizzoni ancora ardenti, così la mia sete di mistero riposava sepolta sotto l'ottusa banalità dei giorni.

Dovevo sopravvivere prima di tutto, e questo prendeva una gran parte delle mie energie. Abramo, Isacco, Giuseppe, Giacobbe, la Vergine e Cristo, insieme al mio Angelo Custode – di cui nel frattempo avevo anche dimenticato il nome –, si erano trasferiti in un limbo e lì vivevano come memoria remota, senza arrecare grande disturbo.

Ma poi, quando già la fanciullezza si era dissolta sotto i marosi cupi dell'adolescenza, mi capitò di vedere il film di Zeffirelli su san Francesco. E quel film spalancò in me una finestra che credevo chiusa per sempre.

Dunque era esistita un'altra persona – un ragazzo pressapoco della mia età, anche se nato in un altro tempo – che, come me, aveva sognato la vita militare, e che poi aveva abbandonato quel sogno, per inseguirne un altro.

Quel ragazzo parlava con gli animali, come facevo sempre io quando mi trovavo sola nella pace dei boschi.

Quel ragazzo, a un certo punto della sua vita, era stato invaso dall'inquietudine e dalla scontentezza, proprio come era successo a me.

Un respiro più grande

Anche Francesco era sempre in movimento, come me.

Invece di attraversare le desolate periferie di una città, lui, fortunato, camminava per le montagne dell'Umbria. Invece che con i merli, parlava con i lupi.

In quel suo girovagare inquieto riconoscevo il mio.

Sapeva lui, come sapevo io, che intorno a noi c'era un respiro più grande e che questo respiro ci accoglieva, ci legava gli uni agli altri e, oltre a legare noi uomini, univa gli animali, le piante, le più profonde realtà del mondo minerale, il sole, le stelle, l'aria, l'acqua, il fuoco.

Sì, il Respiro ci respirava, e noi respiravamo il Respiro.

Era questo che sapevo fin dall'inizio, prima

di Abramo, prima di Isacco, prima di Noè. Era questo che, prima ancora di andare a scuola, suscitava le mie lacrime. Tutto l'amore che c'era nel mondo, e che nessuno riusciva a cogliere. Tutto l'amore che, costantemente, si trasforma in non amore. Tutta la vita che, senza amore, rapidamente si muta in morte.

Ecco la ragione del mio pianto. Dietro l'apparenza delle cose, dietro la loro normalità, percepivo questa assoluta, devastante mancanza.

Francesco non si accontentava, come del resto non lo facevo neppure io. Accontentarsi vuol dire accettare la prima ipotesi come l'unica possibile. Francesco voleva andare a fondo delle cose. A un certo punto ha rifiutato gli anestetici accettati da tutti – soldi, potere, gloria.

Anche per me quelle sirene cantavano a vuoto, il desiderio che mi divorava era quello di cose che non si possono comprare, cose che non rendono più temuti, più invidiati, più ammirati. A quel punto della mia vita, più di ogni altra cosa, mi stava a cuore la libertà e Francesco voleva essere libero; lo voleva al punto tale da restare nudo davanti alla sua famiglia. *Prendo solo la vita da voi, non altro.* Francesco, nel suo peregrinare, entrava sempre nelle pievi, come facevo io.

Anche lui sicuramente si inginocchiava davanti alla croce chiedendo un dialogo. La differenza tra me e lui arrivava a questo punto.

Era una sola, ma fondamentale.

Il Cristo di San Damiano aveva gli occhi spalancati. Lo aveva guardato, e così avevano cominciato a parlare.

Occhi spalancati sulla croce

In quel Vangelo che portavo sempre in tasca cercavo dunque, prima di tutto, l'incontro con uno Sguardo capace di illuminare ogni cosa.

Ricordavo le parole della catechesi: *io sono la Via, la Verità, la Vita*. E non era forse questo l'affanno costante dei miei giorni? Tra l'opacità del quotidiano, tra i suoi infiniti e ingannevoli viottoli, trovare la Via, la strada maestra il cui ingresso spesso è celato dai rovi. Lì, ne ero certa, erano nascosti i pilastri della Verità, e solo quei pilastri sarebbero stati in grado di accogliere per sempre la mia vita nella dimensione della libertà assoluta.

Dunque, grazie a Francesco, a un tratto scoprii che Cristo poteva anche avere gli occhi aperti, e che le sue braccia, anziché pendere mestamente dalla croce, potevano essere spalancate in un cosmico abbraccio. Fino ad allora, i pochi crocefissi che avevo visto erano tutti tristemente e dolorosamente morti. Quella desolazione, quei corpi inanimati, quegli occhi chiusi mi avevano fatta sentire esclusa da qualsiasi possibilità di dialogo.

Quanti danni ha fatto – e continua ancora a fare – una visione del Cristo unicamente doloristica! A chi può parlare un uomo tormentato dagli spasmi dell'agonia? In un mondo ormai completamente scristianizzato, in cui l'unico vero peccato riconosciuto è quello della gola – perché attenta alla linea – come si può immaginare che le persone inizino un cammino spirituale se, come sprone, hanno davanti a sé un'immagine che non ha nessun segno della potenza della vita che verrà?

Oh, magnifici crocefissi con gli occhi spalancati, con le braccia aperte, vive, pronte ad abbracciare e a consolare ogni pianto.

Oh, sguardo di pura Luce, sguardo che contiene l'universo e costantemente lo rigenera, tocca i nostri cuori, invadili!

Solo Tu puoi sciogliere il ghiaccio, solo tu puoi compiere la misteriosa alchimia in grado di trasformare la pietra in carne, l'odio in amore, la non vita della menzogna in vita!

Solo Tu puoi liberarci dalle catene che ci tengono prigionieri, ignoti, sconosciuti e ostili a noi stessi.

Solo Tu puoi donarci la libertà assoluta di chi non soccombe alla morte.

È questa la nostalgia che hai impresso in ogni embrione che si forma nella splendente profondità del ventre materno.

Una voce freccia

Nel corso degli ultimi anni, parlando con diverse persone, mi sono convinta che la principale causa del rifiuto che molti hanno verso un cammino di fede, nell'ambito del cristianesimo, sia da imputare soprattutto alle pessime esperienze fatte negli anni dell'infanzia e dell'adolescenza. Esperienze di ottusità, di vuoto formalismo, sature di un moralismo unicamente teso a disprezzare e a disconoscere ogni sensazione di gioia corporea. Esperienze di umiliazione, di esclusione.

Un po' come se il cristianesimo fosse il luogo dove si riuniscono unicamente degli eletti. Eletti votati a vivere nel grigiore permanente del *si fa, non si fa, mi devo sforzare di fare.* Se non ti adegui, sei ti interroghi, se dentro di te c'è un'anima ribelle che non si accontenta delle bevande artificiali ma vuole l'acqua vera, sei fuori. Turbi l'ordine costituito delle brave persone.

Io penso, al contrario, che il cristianesimo sia proprio il luogo di realizzazione delle anime ribelli.

Io non mi accontento.

La lista dei conti – do tanto per avere tanto – la certezza di essere nel giusto – e perciò di poter giudicare –, la tristezza claustrofobica del moralismo non fanno per me.

Io voglio andare ai fondamenti, voglio scoprire le colonne che reggono la realtà, voglio la verità perché una voce in fondo alla mia coscienza mi dice che questo è lo scopo della mia vita e di tutte le vite che anelano a giungere alla pienezza.

Com'è possibile altrimenti orizzontarsi nella complessità dei giorni? In ogni ora, in ogni minuto della nostra esistenza noi dobbiamo compiere delle scelte. Scelte che riguardano noi e gli altri.

E in base a cosa scegliamo, se non abbiamo una bussola in grado di stabilire l'orientamento? Se, con chiarezza, non sentiamo la voce che il mistero dell'evoluzione fa echeggiare da sempre dentro di noi, quale altra voce potremo ascoltare?

Dobbiamo metterci in ascolto.

Questo è il primo passo da compiere. Soltanto ascoltando con attenzione, senza fretta, eliminando e discernendo l'infinità di voci che continuamente invadono la nostra testa, a un tratto riusciremo a distinguere l'unica in grado di costruire, invece di disperdere.

Una voce che non parla alla mente, che non indugia nei meandri del corpo, ma va dritta al centro del cuore.

È una voce-freccia, colpisce ma non ferisce. La punta non è ferro o selce, ma luce pura.

Colpisce e illumina.

Bene prêt-à-porter

Nell'impero delle opinioni, è duro parlare di coscienza. Se la verità non esiste, è chiaro che anche la coscienza non esiste. O meglio, ne esistono tante quante sono le opinioni. *Ho agito secondo la mia coscienza!* Già, ma quale coscienza? Anche Hitler agiva secondo la sua coscienza, anche Pol Pot, anche i pedofili che seviziano neonati agiscono secondo la loro coscienza.

In un mondo dominato dalla dittatura del desiderio, la coscienza è ciò che si desidera e si pensa sia meglio per noi. Dato che non ci sono più anticaglie morali a frenarci, va da sé che tutto ciò che si desidera è bene. Per Hitler era certamente un bene sterminare milioni di ebrei, così come per un camorrista o un mafioso è un bene eliminare gli avversari nei modi più crudeli.

I risultati di questo bene *prêt-à-porter* sono sotto gli occhi di tutti. Violenza fuori controllo, fine del patto sociale, disperazione, ansia, attacchi di panico e follia dilagano ovunque.

Dal punto di vista etologico, è il segnale che una specie animale si sta infilando in un vicolo cieco. Cancellate le strutture interiori che consentono il vivere comune, non rimane altro che un vertiginoso e cruento declino. I generici appelli alla bontà e alla non violenza si disperdono come squilli di tromba nel deserto.

Malgrado gli spaventosi abomini del Novecento – che almeno un po' avrebbero dovuto darci da pensare –, ci siamo convinti che il male, nella sua essenza di profonda energia di pervertimento, non faccia parte della realtà umana.

Anche la Chiesa ha allontanato da sé questo amaro calice e, allontanandolo, si è ridotta a essere, in molti casi, una semplice realtà mondana, ispiratrice di generici sentimenti benevoli.

I cristiani sono quelli buoni. Un po' stupidini magari, di una stupidità credulona che, alla fine, però si può anche perdonare, perché altrimenti chi si occuperebbe di tutti i derelitti che sempre più vagano per il mondo?

Essere buoni, sforzarsi costantemente di sorridere, di dire cose rasserenanti, giustificare ogni cosa che accade o, piuttosto, farsi attraversare dalla folgore del Bene?

Potere *vs* amore

Molte povertà spirituali derivano dal non essersi mai calati davvero nel mondo delle tenebre.

Se non abbiamo mai perso l'orientamento, come proveremo gratitudine per chi, a un passo dalla totale disperazione, ci indica insperatamente la strada da percorrere?

Ci pasceremo delle nostre idee e dei nostri orizzonti, saremo piacevolmente sorpresi dal nostro acume, saremo in grado di sostenere dispute teologiche anche complesse, suscitando l'ammirazione dei più e un soddisfatto trillo del nostro orgoglio che, in un angolo molto segreto di noi, certamente gongola per i nostri successi. Ma mai, neppure per un istante, i nostri occhi si saranno davvero aperti sulla realtà spirituale più profonda.

Saper parlare di Dio non vuol dire automaticamente essere vivi nella sua realtà. Quante persone che si professano cristiane sono lontanissime dal loro Maestro, e quante che si definiscono agnostiche, se non atee, dimostrano attraverso i loro comportamenti e la loro vita di vivere in profonda sintonia con Lui!

È questa schizofrenia che allontana molti, perché le anime in ricerca, prima di ogni altra cosa, desiderano coerenza. Se parliamo bene, ma il Bene non è in noi, quali frutti mai potremo seminare? Tutti i semi che lanceremo, anche se cadranno in un campo di terra grassa, saranno sterili perché nutriti soltanto dalle nostre ambizioni.

E qual è l'ambizione che divora ogni cosa, che inquina ogni acqua? Sempre e solo monotonamente una, dalla notte dei tempi – l'ambizione del potere.

Il potere, questa ruggine che si insinua in ogni rapporto, e lo corrode, non è altro che l'antitesi dell'amore. Dove c'è uno, non c'è l'altro, e viceversa, perché le cose si escludono a vicenda.

L'amore aborre il potere, e il potere detesta l'amore. Tanto uno porta alla prigionia perpetua, altrettanto l'altro offre un'illimitata libertà.

La luce e le tenebre

Ho vissuto in compagnia di Francesco per un anno, forse due.

Lo ricordo come un periodo di libertà inebriante. Non avevo bisogno di niente e di nessuno, ero convinta di essere riuscita a rompere ogni catena. Le lacrime che avevano funestato la mia infanzia erano ricomparse ma, in qualche modo, si erano purificate.

Il sentimento di cosmico sgomento che provavo per la banalità vuota dell'esistere si era trasformato in un profondo senso di compassione. Tutto ciò che era fragile, tutto ciò che era indifeso, nudo, povero provocava in me un sentimento di condivisione.

Non c'era più alcuna barriera tra me e gli altri, ogni cosa che accadeva mi riguardava – non gli avvenimenti mondani ma l'enorme quantità di dolore che vedevo ovunque intorno a me. Entravo di soppiatto negli ospedali e mi sedevo vicino a chi non aveva nessuno, prendevo la mano ai sofferenti e restavo così, in silenzio. Sentivo un'energia calda, viva dentro di me, ed ero cosciente che quest'energia non era una mia proprietà privata ma qualcosa che doveva continuare a fluire, e che l'unico modo per permettere di farlo era donarla.

Ancora non sapevo, perché ero giovane, che dove la luce irrompe, spesso lo fanno anche le tenebre. E più la luce è forte, più le tenebre trascinano ferocemente nel loro gorgo.

Tutto è avvenuto in modo rapido e apparentemente indolore. A un tratto, altre cose hanno preso a interessarmi. La situazione famigliare, perennemente sospesa tra l'abbandono e la violenza, aveva corroso inesorabilmente il mio equilibrio. Francesco non bastava più. Avrei avuto bisogno della presenza di un padre, di una madre, di qualcuno che mi prendesse per mano e mi accompagnasse nell'irta complessità dell'adolescenza.

Invece ero sola.

O meglio, ero male accompagnata perché le persone che avrebbero dovuto farlo erano tutte afflitte da patologie psichiatriche. Mi sarei accontentata anche di un professore, di un allenatore, di un prete. Sarebbe bastata una mano, una mano sola per riportarmi indietro.

Ma intorno a me c'era il deserto.

L'aquilone è scappato di mano, il vento l'ha strappato via. Con la sua coda svolazzante, salendo e salendo, è scomparso alla vista. Il vento lassù è solo tempesta; le nubi, oscurità; la pioggia, un'infinità feroce di aghi di ghiaccio.

Una via davanti a noi

Provvidenza!

Quanto mi irritava questo termine nella mia giovinezza! Mi sembrava una cosa da babbei. Stare lì ad aspettare passivamente che qualcosa accadesse, come se il mondo fosse pieno di fatine o di elfi che non avevano altro da fare che correre di qua e di là per esaudire i nostri desideri. Quando la strada percorsa è poca, è facile affidare ogni cosa al caso. *Ho avuto fortuna! Ho avuto sfortuna!*

In ebraico la parola precisa per indicare il "caso" non esiste. E non potrebbe essere altrimenti, dato che Dio – con la consegna delle Tavole della Legge a Mosè sul Sinai – ha fatto irruzione nella storia, e con quest'irruzione ha posto in essere le basi per la salvezza di ogni uomo, polverizzando gli idoli.

Il Creatore ha strappato l'invisibile cortina che ci separava da lui. Non ci ha mostrato il suo volto, ma ci ha fatto sentire la sua voce, offrendoci le Tavole della Legge.

Ha aperto una via davanti a noi.

Una via che non dobbiamo percorrere per compiacere qualcuno, ma per incamminarci verso il centro divino di noi stessi.

Non ci sono più libagioni da offrire per ingraziarsi gli altalenanti umori degli dèi, non c'è più il fato che si abbatte con furore annichilente.

Ci siamo noi, le nostre scelte, la capacità costante di scegliere tra il bene e il male, tra l'apertura e la chiusura, tra la vita e la morte. Perché, dal Sinai in poi, è stato tracciato con chiarezza il confine che separa le cose.

Gli anni dell'oscurità

Trascinata dagli eventi e dallo spirito del tempo, mi sono drammaticamente allontanata dalla parte più saggia di me.

Era come se non fosse mai esistita.

Sono diventata il carnefice di me stessa, uno dopo l'altro, ho sceso tutti i gradini della distruzione. Dentro di me non risuonava neppure l'eco della bambina innamorata dell'infinito che ero stata.

C'era odio nel mio cuore, desiderio di ferire prima di venire ferita, e la consapevolezza, ogni anno maggiore, di essere assolutamente inadatta alla vita. Il manicomio preconizzato dalla mia maestra d'asilo lo intuivo ormai dietro l'angolo. Provavo un certo turbamento per il fatto che, nel frattempo, li avessero chiusi. Chi avrebbe potuto contenermi? Chi avrebbe potuto proteggermi da me stessa? Eppure, incredibilmente, anche nel punto più basso della disperazione, neppure per un istante ho pensato di porre fine ai miei giorni.

Non era forse questo attaccamento alla vita la traccia della grazia assopita in me? Non ero forse ancora io che, davanti a ogni conoscente in procinto di abortire, tentavo dolorosamente di dissuaderla?

A quel tempo provavo un totale orrore per la Chiesa e tutte le cose che la riguardavano, dunque perché mai mi opponevo a ciò che allora, e purtroppo ancora oggi, viene visto come una grande conquista di civiltà?

Perché dentro di me, nonostante tutto, tra la vita e la morte, avevo scelto la vita. E quella vita, seppur con voce flebilissima, continuava a chiamarmi.

Una ferita sempre aperta

"Perché non vai da uno psicanalista o da uno psicologo?" mi suggeriva qualcuno, ogni tanto.

Ma, a parte il fatto che non avrei potuto permettermelo, ero perfettamente cosciente che, nel migliore dei casi, non sarebbe stato altro che mettere un cerotto su una ferita che continuava a suppurare.

Ogni bambino che viene al mondo ha un assoluto bisogno di amore, è la sua struttura ontologica a porlo in questa condizione. Se questo amore viene tradito o deluso, è il corpo sottile dell'anima a venir lacerato. Da questa lacerazione entrano tutte le negatività, tutte le distruzioni.

È possibile riparare l'anima con una tecnica, con una teoria, con parole che producono altri inarrestabili fiumi di parole che ci legano costantemente al passato?

Sicuramente la psicologia potrà donarci un po' di sollievo, aiutarci a sciogliere il nodo intricato che ci tiene avvitati su noi stessi, ci offrirà un bastone, una stampella per potere andare ancora un po' avanti a piccoli passi, ma lo squarcio sarà sempre lì aperto, e ci sentiremo sempre più soli, sempre più incatenati al nostro passato, come Sisifo alla sua roccia.

Il primo vero combattimento

Poco prima dei trent'anni ho avuto un problema di salute e ho subito un'operazione a un piede. Le cose sono andate per le lunghe e così, per un po' di mesi, sono stata costretta a camminare con le stampelle.

Che nervi, che sfinimento! Ogni mattina alzarsi e cercare i bastoni per mettersi in piedi! Le mie gambe non mi portavano più dove volevo io, ero costretta a fermarmi. Infezioni su infezioni, debolezza. Il corpo era arrivato al limite e me lo stava gridando con le sue ultime forze.

Quando finalmente ho ripreso a camminare, non ho potuto fare altro che rendermi conto della fragilità dei miei passi. E che cos'altro è il corpo se non lo specchio attraverso cui ci parla l'anima, a lui indissolubilmente legata?

Nessuno dei conti della mia vita tornava.

La disperazione non trovava più forza di esprimersi.

"Per riprendere a camminare bene dovresti praticare arti marziali," mi suggerì una sera un medico, a casa di amici. Niente mi pareva più lontano dalla mia sensibilità ma, quando si è disperati, si accetta qualsiasi consiglio.

Così una mattina sono uscita di casa e mi sono iscritta alla prima palestra che ho incontrato. Non distinguevo un'arte dall'altra, sulla porta c'era scritto *karate* e questo mi è bastato. Consegnato il modulo di iscrizione, una frase ha subito cercato di scoraggiarmi. *Nessuna donna ha resistito più di due mesi, qui dentro.*

Ho comprato il kimono di ordinanza e il giorno dopo ero già lì, davanti a un grande specchio. Vedevo riflesso il mio corpo troppo scarno, quel vestito bianco accentuava la mia espressione da ospedale psichiatrico.

In poche lezioni mi ero resa conto di non riuscire a distinguere l'alto dal basso, il davanti dal dietro, la sinistra dalla destra. Per quasi trent'anni avevo vissuto considerando la realtà corporea soltanto un misero supporto.

Mi sono guardata e ho capito che il primo, più grande e più spaventoso nemico che avrei dovuto affrontare in combattimento era quello che stava davanti a me, in quello specchio.

La tarantella e la spada

Qual è l'orizzonte concesso al male, ai nostri giorni?

Basta dare un'occhiata intorno per rendersi conto che i nemici contro cui siamo quotidianamente invitati a combattere sono due.

Lo sporco e i chili di troppo.

Frotte di nemici invisibili s'annidano sulle superfici con cui veniamo a contatto, mentre il visibilissimo nemico del grasso prospera sempre più abbondante sui nostri corpi.

Ci sono poi altri mali, come la nascita di persone non perfette, ma almeno in questo campo possiamo tirare un sospiro di sollievo, perché la scienza benevolmente onnipresente è ormai in grado di evitare che simili sgradite zavorre vengano al mondo.

Ma è sufficiente, per la complessità degli esseri umani, lottare contro le maniglie dell'amore o i batteri che s'annidano nel water?

Oppure è proprio questa assenza di combattimento reale a spingerci nelle derive della disperazione?

Combattere contro un fantoccio, contro un simulacro – ci può essere qualcosa di più frustrante? Per quanto ci impegniamo al massimo, riusciamo a vincere soltanto qualche piccola scaramuccia. Un centimetro di meno, un gabinetto splendente.

Anche nella Chiesa il discorso del combattimento è stato per lo più abbandonato. La capacità di distinguere il male dentro di sé – e di combatterlo con strenua fermezza – ha lasciato il posto a una generica idea di buona volontà.

Non bisogna mettere sotto pressione i bambini, non bisogna terrorizzarli con immagini che li possano turbare. Non possiamo tornare indietro, agitando spauracchi senza senso, altrimenti anziché venire alla catechesi, fuggiranno in luoghi a loro più graditi. Tanto siamo già tutti perdonati, siamo già tutti nell'amore di Dio.

Siamo davvero sicuri che sia così?

Tutta questa melassa giustificatoria nelle Scritture non riesco a vederla, mentre vedo benissimo ovunque in movimento l'energia del combattimento.

"Taci ed esci!" ordina Gesù allo spirito immondo. Non dice: "Abbracciamoci e vogliamoci bene comunque," che è la cosa più importante.

Nel Vangelo siamo invitati a prendere una spada, non a ballare una tarantella.

L'adeguamento mondano della Chiesa è una delle ragioni per cui, sotto le sue navate, le panche sono sempre più vuote. Giustifica e rassicura, non impone sforzi, non prospetta durezze perché così pensa di andare incontro agli uomini del nostro tempo.

E se fosse esattamente l'opposto?

Se le persone, in realtà, avessero dentro di loro un intimo, profondo desiderio di combattere e di crescere, attraverso questo combattimento?

Il male è dentro di noi

Davanti al più efferato delitto sono sempre stata consapevole di una cosa. Sarei potuta essere io l'assassino.

Il volto del male mi è noto, più delle strade del paese dove abito. Conosco i viali e i vialetti, le vie e i vicoli, compresi quelli ciechi che a un tratto ti imbottigliano, impedendoti di andare avanti. La sua geografia mi è chiara, ci sono valli, fiumi e monti, ed è questo il paesaggio che siamo costretti ad attraversare.

Questo paesaggio sta dentro di noi, nel nostro cuore.

Non a tutti è gradito vederlo, dato che è piuttosto impervio. Si tramanda di generazione in generazione, dal tempo di Caino e Abele. Non si tratta del castigo di una macchia indelebile che noi innocenti siamo costretti a portare ma, piuttosto, di un'inclinazione che è viva e presente in ogni nostra azione.

Se non abbiamo fatto un lavoro dentro di noi, se non ci è chiaro questo principio, se ci lasciamo semplicemente vivere in balia degli eventi, è facile che prevalga l'inclinazione verso il male. Un oggetto lasciato su un piano inclinato, inevitabilmente scivola verso il basso.

È quello che accade quando non siamo coscienti della negatività che ci abita, se, invece di ascoltare la profonda voce della coscienza, ascoltiamo quella più modesta e capricciosa del nostro ego.

Così invece di cercare il bene, cerchiamo il *nostro* bene. E il nostro bene ha sempre una sottile valenza ingannevole perché il terreno su cui prospera è quello del potere.

Per riuscire a compiere questo discernimento bisogna mantenere alto il livello dell'attenzione e basso quello della giustificazione. Se pensiamo che il male, individualmente, non ci appartenga come realtà viva e presente, imbocchiamo una strada senza ritorno e gravida di pericolosissime conseguenze. Quella che ci convince che il male è sempre nell'altro.

Non nascono forse da qui tutte le sopraffazioni, tutti gli omicidi, tutte le guerre del mondo?

La fiamma che arde

Un mondo ridotto a pura, povera materia, e un mondo capace di sentire ancora il soffio dell'Eterno.

Un mondo compresso nella brevità opaca del tempo, e un mondo che si apre al mistero e che, grazie a questa apertura, intuisce che il regno di Dio è dentro di noi.

In fondo al cuore – in fondo a ogni cuore – è deposta questa minuscola fiammella, attende che qualcuno vi soffi sopra perché si trasformi in un incendio.

Come ogni fuoco, ha bisogno di essere alimentato. A volte la legna è bagnata e produce solo fumo, altre volte mancano i legnetti, e stenta a partire. Qualcuno decide di gettarvi sopra dell'alcol, allora la fiammata è davvero magnifica, ma di breve durata.

Molte persone provano fastidio davanti a quella luce che non sembra riguardarli. *Ma chi l'ha mai chiesta? Chi l'ha voluta?* La ricoprono con la sabbia, la inondano di acqua. *Qualsiasi cosa purché taccia!*

La fiamma non appartiene ai seguaci di una religione piuttosto che di un'altra. La fiamma appartiene a tutti gli uomini che vengono al mondo perché lo Spirito Santo della Creazione è in tutto ciò che vive. Nelle persone, nelle piante, negli animali. Persino nei sassi è possibile sentire il suo respiro.

Ma, mentre il mondo naturale vive già completamente immerso nella sua grazia e la offre ai nostri sguardi attraverso la gratuità della bellezza, noi dobbiamo compiere un cammino per riuscire a diventare degli uomini giusti, degli uomini santi.

Soltanto quando la luce del nostro cuore arde davvero, anche il nostro sguardo riesce ad ardere e, ardendo, elimina tutti i filtri, tutte le cortine, tutti i diaframmi che ci impediscono di cogliere la totalità dell'Essere.

La totalità che ci comprende e che anche noi, finalmente, comprendiamo. Allora è luce in ogni dove, fiamma che si espande e diventa rogo.

Il rogo divora le ultime finzioni e, quando il

fumo si placa, vediamo aprirsi davanti a noi la strada della giustizia e della verità, della misericordia e del perdono.

Sono tutte lì, lì davanti a noi, queste strade, senza più ostacoli.

Aspettano soltanto di venir percorse.

Le balene e le carote

Tra le molte tristezze spirituali del mondo contemporaneo c'è l'incapacità di saper leggere, nella natura che ci circonda, una straordinaria offerta di Grazia che si manifesta attraverso la gratuità della bellezza.

Impauriti dalla straordinaria potenza di tutto ciò che è vivo e sfugge al nostro dominio, abbiamo deciso di imbrigliare anche il creato in una rigida ideologia. Tutti noi vogliamo salvare la terra – e questo è più che giusto – ma in fondo non sappiamo davvero perché dobbiamo farlo.

Ricordo ancora, anni fa, la visita di una giornalista molto impegnata nelle battaglie ecologiche. Quando l'ho accompagnata nel mio orto è riuscita a calpestare praticamente tutte le piantine che stavano timidamente spuntando.

Continuava a parlare forsennatamente e quando ho detto: "Attenzione, le mie carote!" non ha abbassato gli occhi né alzato il piede. Con lo sguardo caparbiamente fisso sull'orizzonte ha continuato a parlarmi imperterrita delle balene.

Difendeva le balene, ma schiacciava le carote!

Quante volte, per seguire un'idea della nostra mente, non riusciamo a vedere la realtà che sta sotto ai nostri occhi. Quella realtà implora la nostra attenzione, ma noi non siamo in grado di udire la sua flebile e umile voce. Abbiamo piani grandi, non possiamo permetterci di perdere tempo.

Eppure non è proprio il prendersi cura di tutto ciò che vive e cresce intorno a noi con la trepida attenzione di una madre la cura a tutti i nostri mali?

Verso la santità

Il filo d'erba, i cuccioli in una tana, i pulcini in un nido, il girasole in mezzo al campo, la balena che nutre il suo piccolo nella profondità degli abissi.

Tutte queste realtà non devono compiere alcun cammino perché la pienezza dell'Essere le abita già dal momento in cui sono state chiamate all'esistere.

Ma noi no, noi dobbiamo incamminarci.

Il figlio dell'uomo non ha tana dove posare il capo, e nel cammino – come gli insetti lasciano dietro di sé i loro bozzoli o i serpenti la loro pelle – deve liberarsi di ogni abito che gli diventa stretto.

Andare avanti e spogliarsi.

Spogliarsi e spogliarsi ancora.

Tutto ciò che sembrava necessario, a un tratto si trasforma in zavorra. Pensavamo ci servisse, e invece no. Ci è stato utile per attraversare quel guado, per varcare quel passo o quella cresta. Ora che li abbiamo superati, dobbiamo lasciarcelo alle spalle.

Attaccarsi all'abito di un momento – qualsiasi esso sia – vuol dire smettere di andare avanti.

Verso dove?

Verso la santità.

Oh, che parola imbarazzante! Sforzarsi di essere buoni va bene, ma essere santi, via, questo è per pochi davvero.

Quanto danno ha fatto, nell'immaginario, l'idea della santità come di un percorso riservato a pochi, per lo più baciati da questa condizione fin dalla culla, per lo più appartenenti – o meglio ancora – fondatori di un ordine religioso.

La santità è straordinaria certo, ma non è forse anche straordinario il mistero nascosto nell'esistenza di ogni persona?

Molto grigiore contemporaneo deriva, credo, dall'avere posto l'asticella troppo in basso. Ci accontentiamo di non fare del male, facciamo quello che possiamo, come possiamo.

Ma non è questa forse la condizione peggiore?

Non sei né freddo né caldo; sei tiepido, per questo ti vomiterò è scritto nell'Apocalisse.

Il tempo che viene deve essere il tempo del coraggio.

Tanto quanto la mediocrità assopisce, altrettanto la santità infiamma. Soltanto i cuori immersi nello Spirito della santità hanno il potere di far dilagare l'incendio.

La santità è il vero fine di ogni vita che desideri essere pienamente tale. Spogliarsi, spogliarsi e spogliarsi, fino a diventare trasparenti, fino ad avere lo sguardo limpido come la più pulita e la più profonda delle acque, fino a poter dire: *Non sono io che vivo, ma è Dio che vive in me.*

Un fiume carsico

Il lavoro di purificazione del cuore è il lavoro di una vita intera, ma non procede secondo i canoni di una ragionieristica puntigliosità. Ci sono momenti di stallo e altri in cui si ha l'impressione di compiere un incredibile balzo in avanti. Il lavoro è nostro, naturalmente, ma non solo, perché lo Spirito Santo agisce come un fiume carsico, si inabissa e, quando ormai sentiamo di aver perso ogni speranza di rivederlo, all'improvviso ricompare in superficie. Soltanto con il tempo ci rendiamo conto che, anche se era lontano dal nostro sguardo, la sua acqua santificante aveva continuato a scorrere.

Non ho parlato della mia cresima, avvenuta la domenica seguente a quella della comunione. Tanto la prima comunione mi aveva intimorito, altrettanto la cresima mi aveva reso impaziente.

Mi veniva offerto di essere un soldato, di combattere. E non era forse questo che la bambina tigre aveva desiderato fin dall'inizio? Quel giorno sentivo di aver ricevuto in dono un'invisibile divisa, e avevo la certezza che quella divisa mi avrebbe permesso di affrontare qualsiasi asperità futura. Ero orgogliosa, molto orgogliosa di far parte di quell'"esercito". Ma è stato un orgoglio di breve durata. Soltanto qualche anno dopo, quando già mi trovavo nella falsa quiete della fanciullezza, il fiume carsico è riemerso all'improvviso. Mi trovavo in un paesino del Veneto, con tutta la famiglia, per partecipare alle nozze di diamante di una coppia di zii che non avevo mai conosciuto. Ero stata recalcitrante ad andarci, la giornata si prospettava di una noia mortale, ma proprio mentre ero lì, in quel chiesone anonimo, all'improvviso, sono scoppiata a piangere. Tutti si sono girati, increduli. Non ti senti bene? Qualcosa non va? Come al solito non sono riuscita a parlare. Ho pianto per tutta la funzione, per tutto il pranzo, per tutto il pomeriggio, per tutto il ritorno a casa. Continuavo a rivedere gli zii, i loro volti anziani attraversati ancora dalla luce gioiosa dell'adolescenza. Si guardavano, si parlavano, si sfioravano da innamorati. Quando si erano inginocchiati per ricevere la comunione, avevo di colpo capito che l'amore tra loro e Lui era un'unica cosa. Per questo, solo per questo piangevo. Perché, fino ad allora, non avevo mai incontrato la presenza viva e concreta di quest'amore onnipotente, e il mio cuore non era in grado di reggere l'urto dell'emozione.

Una scheggia di luce

Fin dai primordi della civiltà marinara, l'uomo ha imparato a fare dei grandi fuochi sulla costa, per aiutare i naviganti a orizzontarsi nella notte.

Ai fuochi, sono succeduti i fari e, anche se ormai siamo nell'epoca dei satelliti, la maggior parte dei fari continua fedelmente a fare il suo lavoro.

Da bambina rimanevo incantata per ore a guardare il fascio di luce che il grande faro di Barcola proiettava nel golfo antistante.

La sua regolarità era quasi ipnotica.

C'era il buio, e poi subito dopo quella striscia di luce che sferzava la notte con regolare fermezza, come se avesse voluto tagliarla a spicchi. Una volta ho voluto persino andare a visitarlo, ma dato che era giorno è stata una delusione. Senza le lanterne e il buio intorno, non era altro che una torre molto alta.

Che cos'altro sono i sacramenti, se non la luce che irrompe nella notte e ci permette di ritrovare la rotta che ci conduce in porto?

E che cos'è questa luce, se non il respiro dell'Eterno che, per un istante, irrompe nel tempo? Credevamo che tutto fosse qui invece, a un tratto, scopriamo che c'è una realtà che ci trascende, che precede la nostra esistenza e la segue.

E questa realtà ci parla del divino che c'è in noi. In fondo al grigiore dei giorni, una scheggia di luce splendente.

Invece di lasciarla in cantina, a coprirsi di polvere, decidiamo di prenderci cura di lei, di lustrarla come faceva Aladino con la sua lampada. Non ne uscirà un Genio obbediente, ma qualcosa di più bello e di più grande.

Di più sorprendente.

La disarmonia prestabilita

Il mondo che pensa di salvarsi da solo, che vive nel culto dell'efficienza e della rendita, non contempla più alcun spazio per la bellezza e per la gratuità.

E non potrebbe essere altrimenti, perché tutto ciò che è bello e gratuito rimanda naturalmente a tutto ciò che, più di ogni altra cosa, questo mondo aborre.

L'idea di un Creatore da cui tutto dipende.

Il brutto ha invaso ogni campo dell'umano. Un libro è esaltato quando esibisce il degrado cinico dell'uomo, la musica, quando sfugge alle leggi dell'armonia; le arti visive propongono sempre più spesso opere discutibili che solo l'astuto mercato dell'arte riesce a imporre come capolavori.

Invece della bellezza, davanti a noi abbiamo il suo cadavere.

Senza il Bene non c'è il Vero, e non ci può neanche essere il Bello. Priva di queste colonne fondanti, anche l'arte – la strada che, fin dalle epoche più antiche, ha messo in contatto l'essere umano con la sua parte misteriosa – diventa convulsa esibizione di un narcisismo nichilista, innamorato dei suoi fantasmi e del degrado che possano generare.

Dedichiamo sempre più tempo al benessere e siamo sempre più brutti, sempre peggio vestiti, con volti sempre più cupi. Indossiamo quello che la moda ci impone, senza fermarci a valutare se quello che compriamo ci sta bene oppure ci rende ridicoli.

Nessuno dice ciò che si è sempre saputo, che il fascino del corpo non è legato al girovita, alle rughe o ai doppi menti, ma piuttosto alla dignità del portamento e a ciò che, di noi, dice il nostro sguardo.

Squallore che ferisce

La mediocrità dello squallore è entrata purtroppo anche nella liturgia. Per far sentire a proprio agio le persone, sono state costruite grandi scatole di cemento – scatole/supermercato, scatole/garage, scatole/palestre – e sono state chiamate chiese.

Nessuno guarda più a oriente, dove sorge il sole che vince la morte.

Per andare incontro alla gente, le messe si ispirano agli spettacoli televisivi. Niente candele, nessuna penombra, luci violente al neon, musica a palla, canzoni dalle tonalità inarrivabili per chi non sia un *vocalist*, testi di una banalità che ferisce l'anima.

Niente campanello all'epiclesi, nessuna cotta per i chierichetti, che affiancano l'altare con ciabatte, canottiere traforate, scritte fluorescenti e sguardi annoiati.

Di incenso non se nè parla neppure, via in soffitta, come tutti i vecchiumi. E poi, perché no? qualche testimonianza toccante alla quale segue un bell'applauso, a suggellare il successo dell'iniziativa. Via, via tutte le inutili formalità, gli stalli, i momenti di noia, le perdite di tempo!

Che in quegli istanti accada ciò che di più sacro può avvenire – l'Eterno che irrompe nel tempo, santificandolo – non sembra davvero più sfiorare molti.

Insieme ai campanelli, alle cotte e all'incenso, anche il timor di Dio è finito in soffitta, chiuso in un baule di cui si è persa la chiave.

Siamo noi gli artefici di tutto, e ciò che ci tiene spiritualmente legati è l'intensità del sentimentalismo che siamo in grado di generare.

Vivere da morti, morire da vivi

Vivere nel mondo, ma non essere del mondo.

C'è forse qualcosa di più straordinariamente eversivo di questo, soprattutto al giorno d'oggi?

Non si sparisce, non ci si ritira, non si fugge dal mondo alla ricerca di un'esclusiva società ideale, ma ci si vive completamente immersi perché comunque si ama la realtà, perché comunque si è convinti che la realtà, per il semplice fatto di esistere, custodisca in sé il germe del bene.

Tuttavia, non si è del mondo, cioè il proprio agire non è sottomesso alle leggi del mondo, dove le leggi del mondo sono tutto il complesso apparato di comportamenti e di relazioni, basate, in un modo o nell'altro, sull'esercizio del potere.

Si vive nel mondo testimoniando un altro livello di realtà.

Un livello più nascosto, meno clamoroso, apparentemente incline alla perdita.

In una società che sempre più esalta la forza, la perfezione, l'efficienza, che mette il denaro e la rendita economica prima di qualsiasi altro valore, parlare di debolezza, di perdita risulta davvero blasfemo. Il vitello d'oro sta lì, luccica con straordinaria potenza di giorno e di notte, i suoi bagliori accecanti raggiungono ormai ogni più sperduto angolo del pianeta. Inchinatevi, ci viene ripetuto costantemente, prostratevi davanti a lui, arrendetevi alla sua straordinaria potenza, e verrete ricoperti di beni.

È difficile, davvero difficile resistere a questa cantilena ipnotizzante, si nasce e la musica è già lì ad attenderci. Ed è così onnipervasiva da cancellare anche solo il sospetto che la realtà celi in sé una diversa partitura.

Poi magari, a un tratto, qualcosa ci sorprende, qualcosa che non doveva esserci, all'improvviso c'è – come la tigre con l'acrobata.

E così, senza bisogno di parole, capiamo che esistono due luci nel mondo. Una che acceca con la sua potenza, mentre l'altra ci aiuta a vedere con chiarezza dove prima era buio pesto.

Alla fine, la scelta è sempre la stessa.

Essere accecati o essere illuminati.

Soccombere alle lusinghe del potere, o consegnare le ambizioni del proprio ego al Bene.

Vivere da morti, o morire meravigliosamente da vivi.

Il dono della visione

L'orizzonte contemporaneo ci propone un mondo in cui l'essere umano ha rinunciato al dono della visione.

Ciò che vediamo, sogniamo e desideriamo è soltanto quello che ci viene proposto. E quello che ci viene proposto sta sempre davanti a noi, ma non troppo, un po' come la lepre delle corse con i levrieri. Noi, un po' dietro, e lei più avanti. La possibilità di raggiungerla sta tutta nell'impegno delle nostre gambe. Solo grazie a questo batteremo gli altri. E quando l'avremo raggiunta, non avremo molto tempo per goderci il simulacro della preda perché, subito, un'altra verrà lanciata in campo e correrà veloce sulla traiettoria ellittica. E così non potremo far altro che lasciare la finta lepre che è già tra le nostre zampe e subito correre a inseguire la nuova.

Avendo rinunciato a Tutto ciò che ci viene offerto come sogno, la realtà sta compressa in ciò che possiamo fare unicamente con le nostre forze. Avendo allontanato definitivamente la percezione dell'Eternità, non ci rimane che aggiustare la nostra vita con i cocci del tempo.

Senza l'Eternità che ci genera e ci riaccoglie, le nostre azioni diventano estremamente fragili, perché sono sostenute soltanto dai nostri principi e dai nostri desideri. Principi manovrabili, mutevoli, adattabili secondo la convenienza delle situazioni che si presentano.

Senza l'Eternità, non c'è neanche la possibilità di un giudizio. Non c'è l'anima, ma solo il corpo che si dissolve. Per questo gli scrupoli cadono uno dopo l'altro.

Scomparso il timore di una valutazione in grado di trascinarci nell'infelicità e nel dolore eterni, agiamo principalmente secondo il nostro tornaconto.

La natura non ama il vuoto

Un mondo che si è liberato dalla zavorra dell'anima è un mondo più felice, o non è piuttosto un mondo che, giorno dopo giorno, a grandi morsi viene divorato dalle barbarie?

Una realtà che ha rinunciato al dono della visione, da che parte dirige i suoi passi? Verso la convivialità, la condivisione, la compassione, oppure verso l'oligarchia, il trionfo dei pochi potenti sui molti?

Non c'è forse ora l'urgenza di tornare ad aprire questo orizzonte?

Già, perché la natura non ama il vuoto, e il Cielo contemporaneo, finalmente sgombrato da sgradite presenze, invece di rimanere tersamente limpido, si è riempito di paccottiglia. Questa paccottiglia ci opprime, ci schiaccia, ci costringe a camminare sempre più chini, con lo sguardo più basso, sempre più prigionieri di noi stessi.

Cominciamo a renderci conto di questo?

Convinti di vivere nel massimo della libertà, in realtà procediamo con il peso di un invisibile e pesantissimo giogo sulle spalle.

Cancellando la visione, abbiamo cancellato la ragione più profonda della nostra dignità, abbiamo sostituito la persona con l'individuo. Non c'è più una misteriosa unicità in ognuno di noi.

Senza questa unicità, svanisce il timore e, con il timore, svanisce la possibilità del rispetto.

Siamo tutti intercambiabili, siamo tutti tecnicamente migliorabili, non dobbiamo più compiere l'immane fatica di lavorare su noi stessi, di crescere, di affrontare il dolore e la sofferenza. Per risolvere qualsiasi problema basta affidarsi alla nostra onnipresente matrigna, la tecnica.

La tecnica è una scienza senza più stupore. Vuole il nostro bene, ma non è il Bene.

Dunque, nel nome di che cosa ci rigenera?

La fragilità di Dio

La morte è sempre lì.
Il male è sempre al nostro fianco.
Ci precede, ci segue, ci contorna, ci aspetta, con la devota fedeltà di un cane da pastore.
Non possiamo sfuggire alla nostra fragilità e, non potendolo fare, non possiamo fare a meno di interrogarci su un'altra più imponente fragilità, quella di Dio.
Tanto la conversione di san Paolo ha creato – nell'immaginario della cultura occidentale – un precedente che ci spinge a credere che la Grazia o ci folgora o non ci appartiene, altrettanto l'episodio dell'attraversamento del Mar Rosso da parte degli Israeliti in fuga dall'Egitto ha edificato, nel nostro inconscio, l'idea di un Dio assolutamente onnipotente. E, oltre che onnipotente, in grado di intervenire a suo piacimento nella storia degli uomini.

In tal modo, dato che è da un po' che Dio non compare all'orizzonte – e di cose gravi ne sono successe parecchie – viene abbastanza spontaneo dire che tutta la questione altro non è che una presa in giro.

Come sembra assolutamente normale considerare chi ancora si ostina a credere in queste realtà – che hanno già mostrato da sole la loro non evidenza – qualcuno che ha scelto una scorciatoia, una sorta di anestesia, in grado di far tornare sempre i conti con l'ingrata realtà del dolore. Chi davanti alle grandi tragedie, di fronte alle malattie devastanti, alle ingiustificabili morti dei bambini e degli innocenti, sospira dicendo: "È la volontà di Dio! Lui ha piani che noi non riusciamo a scrutare!" non può essere che una persona che ha fatto scarsissimo uso del suo cervello.

Personalmente, da quando ho memoria di me, i conti con l'assurda gratuità del dolore non sono mai riuscita a farli tornare. L'idea di un Dio onnipotente – che può fare o non fare ogni cosa, secondo un suo imperscrutabile desiderio – mi è sempre stata piuttosto ostile.

Non amo l'autorità e, dove c'è il potere, fuggo a mille miglia.

E allora?

Un po' meno degli angeli

Non sarebbe più facile, più rasserenante dire il Cielo è vuoto o, se Qualcuno c'è, si disinteressa del nostro destino?

Sì, se il mio pensiero fosse solo frutto della mente avrei scelto quasi con naturalezza questa opzione.

Ho da sempre però avuto la percezione nitida che la centralità dell'essere non stia nelle elucubrazioni cerebrali, bensì nella viva e calda pienezza del cuore.

È il cuore a indicarci sempre la strada giusta da percorrere.

È il cuore, con la sua vulnerabilità, che ci fa capire – se accettiamo il rischio di entrare nella sua parte profonda – che il nostro cuore e quello di Dio si compenetrano e si rigenerano costantemente a vicenda, grazie al soffio del luminoso Spirito Santo.

Noi siamo partecipi della natura di Dio.

Questo è l'unico minuscolo e spaventoso segreto capace di portarci a una vita di vera pienezza. Diminuire l'ego, allargare giorno dopo giorno lo spazio concesso all'unica forza davvero in grado di creare.

I nostri volti, i nostri gesti, le nostre parole parlano costantemente di quanto ci nutriamo unicamente dei nostri pensieri e di quanto invece sappiamo accogliere quelli del Pensiero che ci ha generato.

Di questo ci ricordiamo quando ci osserviamo nello specchio? Ne siamo consapevoli nelle scelte della nostra vita? Di cosa parlano i nostri sguardi? Hanno l'opaca profondità di una pozzanghera o sprigionano la luce di un oceano che ha inghiottito il sole?

Sappiamo ancora di essere soltanto "un po' meno degli angeli"?

E che cos'è questa nostra vicinanza, se non saper trasformare il nostro cuore di pietra in una fornace ardente?

Senza filtri o barriere

Giorno e notte, notte e giorno, neppure per un istante i bambini di Beslan abbandonano il mio cuore. Non lo lasciano i piccoli armeni, i bambini di Auschwitz né quelli tagliati a pezzi con il machete in Burundi. Non lo lasciano i ventri delle donne tagliati con le baionette per estrarne i neonati, né tutte le bambine stuprate e fatte prostituire in ogni guerra e in ogni paese del mondo.

Il respiro dei bambini abortiti a sei mesi è il mio stesso respiro, così come lo è quello dei milioni e milioni di animali a cui – per una nostra brama bulimica di potere e di possesso – è stata sottratta la maestosa dignità della vita. I loro disperati muggiti, i loro belati, i loro pigolii, rimbombano costantemente tra i miei ventricoli, facendoli pericolosamente dilatare.

Dormo poco o niente.

Non conosco le gioie del benessere, né mi appartiene la fede anestetica. La capacità di accogliere il dolore degli innocenti mi attraversa e mi devasta continuamente. Non ricordo un solo giorno che non sia stato trafitto da una spina.

Se un dono ho avuto è stato quello di non abituarmi mai alla presenza del dolore, non cessare mai di considerarlo uno scandalo. La sofferenza dell'altro è sempre anche la mia. Non so interporre filtri o barriere. Neppure la fisiologica distanza dell'abitudine e del buon senso.

La materia che fa ardere il mio cuore si rinnova sempre. Non c'è pericolo che la fiamma si abbassi, che vacilli. È una fornace ma, al tempo stesso, è un'ampolla alchemica.

Non trasmuta il mercurio nell'oro della pietra filosofale, bensì, grazie al Dio che ha perso, trasforma la grezza materia del dolore in quella purissima dell'amore.

Rivendico, dunque sono

Ci sono solitudini che esistono sotto il segno della fecondità e altre che, dal loro ventre, non sanno cavare fuori altro che pietre.

La solitudine del nostro tempo – generata dal nichilismo materialista e tenuta in vita dalla tensione ferina dell'*homo homini lupus* – appartiene al secondo tipo.

Questa solitudine, satolla di possessi materiali e di libertà individuali, ci ha scaraventati in un mondo profondamente necrofilo. Nella disperazione di non conoscere più le ragioni dell'esistere, ci siamo accanitamente legati alla legge della rivendicazione.

Rivendico, dunque sono.

Non è questo forse il mantra del nostro tempo?

Estranei al nostro destino, non possiamo far altro che rivolgerci ai giudici e ai tribunali per farci restituire il maltolto.

Ma quale maltolto?

A dire il vero non lo sappiamo.

Sentiamo che in noi c'è un'assenza e a quest'assenza diamo il nome che le circostanze ci offrono – un giorno uno, un giorno un altro. L'importante è non starsene con le mani in mano, fare sempre qualcosa per riempire il vuoto, lottare perché il raggio della nostra libertà sia sempre più ampio.

Nulla ci deve tarpare le ali, nulla deve frenare la nostra smania di avere di più.

La gioia di ogni conquista, però, è destinata a durare poco.

Non si fa a tempo ad assaporare la vittoria che già il tarlo dell'inquietudine comincia nuovamente a rodere i nostri giorni.

È un'inquietudine che, più che le gioie del volo, conosce l'ottusa monotonia dello scavo. Che cosa ci manca ancora per essere felici, che cosa possiamo fare per essere certi che tutto sia sotto il dominio della nostra volontà?

Scaviamo, scaviamo e scaviamo ancora.

Invece dei tartufi cerchiamo muri da abbattere e, tra tutti i muri, il più grande – quello del destino che ci rende prigionieri.

Nascere non è stato un atto della nostra volontà e dunque, ecco, che lo sia almeno il morire. Alla grandezza stoica del suicidio, però, preferiamo il legiferare dei burocrati. Abbiamo diritto anche a questa certezza, il come e il quando devono venir sigillati dalla carta bollata. Combattiamo per una "morte felice" senza esserci mai soffermati a chiederci quali sarebbero potute essere le ragioni di una "vita felice".

Vivere la vita come benedizione o come maledizione.

È questo snodo elementare che determina la qualità dei nostri giorni. Essere assetati di vita oppure viverla con noia. Riuscire a immaginare il futuro o, invece, sopravvivere aggrappati alle sbarre della gabbia, assordati dal rumore di ferraglia che produciamo, continuando a scuoterle.

Siamo prigionieri!

È vero, l'abbondanza di beni, anziché generare gioia e benessere, ci spinge nelle plaghe desolate dell'aridità.

Lo sguardo dell'altro non ci incanta più.

Viviamo soli, camminando contro vento.

Niente ci deve distrarre. Se incontriamo qualcuno per strada, abbiamo solo due opzioni – scansarlo o superarlo. Non abbiamo bisogno dei suoi occhi, del suo sorriso, meno che mai del suo pianto.

Deposti in una terra arida, i semi non germogliano.

Se si prova ad ararla, non genererà altro che nuvole di polvere.

Eppure in quella polvere i semi continuano a vivere.

Vivono per stagioni intere, per anni, per decenni, per secoli.

Dormono, ma non muoiono.

Caparbiamente, silenziosamente, umilmente, attendono che una goccia d'acqua risvegli in loro la vita.

E se anche il deserto del nostro cuore attendesse acqua?

Se l'implorasse, addirittura?

Se anche lì, nascosti nella nostra parte più profonda, più segreta, ci fossero dei semi assetati in attesa? Una cuticola di lignina li tiene prigionieri.

Eppure basterebbe un po' di pioggia, una variazione anche minuscola di umidità per far riesplodere la vita in un trionfo di germogli. Una radichetta sprofonderebbe verso il basso mentre un'altra si innalzerebbe verso l'alto.

La terra non è che uno stadio.

Senza terra, non ci può essere Cielo.

Per questo abbiamo bisogno dell'acqua, per affondare la radice, per innalzarci.

Sì, acqua per rigenerare i cuori, per purificarli, per renderli davvero umani. Acqua per cancellare qualsiasi sete che non sia quella per l'Eterno.

Eterno che vive accanto a noi, con noi.

E solo per noi, per la nostra gioia, è capace di far fiorire i deserti.

Dio è un nido

Alzando gli occhi, scopriremmo che Dio non impone la sua presenza, ma la offre come possibilità di relazione.

Sta a noi, alle nostre orecchie, alla nostra bocca, al nostro cuore dire il *sì* che ci apre alla Sua Presenza. Solo allora sapremo che il Suo regno non contempla scettri o comandi, non possiede eserciti, non dichiara guerre. L'onnipotenza che lo sostiene è quella fragilissima dell'amore che accoglie.

Non è questa forse l'assenza che devasta il nostro tempo?

Dominati dall'insaziabile presenza del nostro ego, abbiamo pensato che si potesse vivere bene rapiti dallo spirito dell'efficienza. Ogni cosa deve funzionare nel migliore dei modi e il migliore dei modi si misura con il rendimento.

Non sopportiamo più la zavorra del destino, né quella della caducità. Niente ci risulta più estraneo del loro cieco arbitrio.

Lasciati quei pesi, abbiamo docilmente assunto il giogo di Cartesio. *Penso dunque sono.* La dignità della persona discende unicamente dal pensiero. Fuori dalla razionalità, non c'è salvezza.

Tra un peso e un giogo, però, c'è una bella differenza.

Il peso ci costringe a fare fatica e, sul senso di quella fatica, siamo costretti a interrogarci. Domanda dopo domanda, il peso può diventare più leggero, possiamo persino capire, ad un certo punto, di non averne più bisogno e deporlo al bordo del sentiero.

Il giogo invece ci fa piegare il collo, l'orizzonte si restringe alla vista dei nostri piedi che avanzano nella polvere, non potremo mai alzare la testa, né perdere tempo osservando gli alberi, le nubi, o chi ci cammina accanto.

Scegliere il giogo o il peso.

È questo il bivio davanti al quale ci pone il nostro tempo.

Obbedire o non obbedire, vivere l'opaca certezza dell'efficienza o invece rischiare, sempre camminando sul crinale.

Ma solo scegliendo di camminare lassù, soltanto vivendo tra i due baratri, impareremo a conoscere la profondità, la complessità e la contraddittorietà della nostra vita, a distinguere ciò che ci è indispensabile da ciò che non ci è nemmeno necessario.

Raggiungere l'essenzialità e comprenderne l'urgenza. Urgenza per l'attuale triste naufragio dell'umanità, convinta ormai di essere soltanto un po' più di una macchina.

Solo dal crinale potremmo invocare lo spirito di maternità, il grande assente di questo tempo. Quello spirito che accetta e accompagna, che protegge e difende, che segue con trepidazione tutto ciò che è piccolo e incerto, e fa il possibile perché diventi grande e forte.

È questo spirito l'unico in grado di contrastate l'annichilimento, il solo capace della purezza del dono. Quel dono che non vizia ma rigenera, offrendoci alla pienezza della vita.

Non è questo forse il compito di ogni madre? Dare la vita e custodirla, vigilare costantemente affinché nessuno violi la sua sacralità?

Quando questo spirito di maternità tornerà sulla terra, potremo finalmente sollevare lo sguardo verso il cielo e accorgerci che Dio non è un re, ma un nido.

È lì, nella sapienza amorosa della sua tessitura, che possiamo ripararci quando siamo oppressi, quando siamo stanchi, quando siamo in viaggio da troppo tempo e non sappiamo più dove posarci.

E solo allora, solo nel nido, scopriremo che la sua forma non è un fumoso e impenetrabile mistero, ma è il volto dell'altro che incontriamo ogni giorno per strada, e che ciò che Lui ci chiede, con materna insistenza, non è di prostrarci alla sua grandezza, di adorarlo o di fare sacrifici ma, piuttosto, di offrire i nostri occhi all'abbondanza delle Sue lacrime.

Perché solo le nostre lacrime salveranno il mondo.

Indice

I. Tentativi di volo 7

II. La parte non misurabile 73

III. Un faro nella notte 137

Bompiani ha raccolto l'invito della campagna
"Scrittori per le foreste" promossa da Greenpeace.
Questo libro è stampato su carta certificata FSC,
che unisce fibre riciclate post-consumo a fibre vergini
provenienti da buona gestione forestale e da fonti controllate.
Per maggiori informazioni: http://www.greenpeace.it/scrittori/

Finito di stampare nel mese di maggio 2015 presso
Il Nuovo Istituto Italiano d'Arti Grafiche S.p.A. - Bergamo

Printed in Italy

DO 0189871667

UN CUORE PENS
ANTE

TAMARO SUSANN

BOMPIANI
RCS LIBRI